U0115163

清代

黃宗羲 匡廬游錄

辛未自南康出西門行十里至開先寺登招隱橋寺前有姜月鏡注原石月鏡係作月境畫觀音像泰定二年乙丑師大所立之碑也古松數十株夾植道旁王子充云松杉楓杞蒼翠掩映此松已見稱於昔然佛印元所植已爲僧越盡伐矣周益公記中披雲亭楊梅亭四會亭故基僅在由寺右渡橋至青玉峽瀑所從落也然千丈之瀑斷而爲潭潭中之瀑不過數十丈從潭而上非峽中所得見矣米元章書青玉峽及第一山大字刻石第一山之左李夢陽題名皆磨崖臥碑也足之所踐無非題名注廬山石劖以青玉峽爲最多余搜剔數日頗得有價值者均前人載籍所未錄別詳本志藝文金石不能一一伏地辨之萬竹亭漱玉亭皆仍古名而非其舊益公云漱玉亭開先舊屋惟有此子充云亭廢已久亭下池亦爲石所湮其初池徑八九尺霤水從潭上來流入池乃從池中復入霤以去今名霤石池已修復如子充所云其池上當爲亭址寺僧乃指池中小石塔激水上出者爲漱玉亭失之矣益公云寺之東山別有小瀑號馬尾泉李溉之云其東馬尾泉其西飛玉泉而李獻吉名紫霄之瀑爲馬尾誤也注山南居民無論何瀑布均以馬尾呼之溉之當由此誤黃山谷院記碑益公時偶存者今亦毀矣惟磨崖七佛偈不甚剝落右即王文成平宸濠碑注此二碑今存廬山境石文中有價値者寺故李中主書堂然按馮延己寺記云潛夫獻之地己酬善價遽闢重基纔俾芟除未遑畚築旋則中興在運是中主未嘗一日讀書其中彼後人所指讀書台洗墨池之處豈爲實哉文成曾作亭於台上今已不存初雪庭信主開先黃元公祝髮從之雪庭遷徑山元公亦出而仕矣繼雪庭者曹源金予之邑人也予入山而適當曹源化去之時開先法席尚虛邂逅楚人嚴繩光謀以石兆嗣事因夜話久之

壬申觀聰明泉曹能始云寺僧珍之然己久不治未見其珍也按王子充云益公謂近從後崖下得泉一窪以煮茗味比瀑泉倍佳今此泉在後崖

廬山圖書館藏書

下則知爲益公所發其時尚無聽明之號乃後人所妄加也又按朱子云漱玉泉舊在橋上今廢益公之游廬山在乾道三年朱子以淳熙六年守南康相去十二年舊屋已不可保矣先與鄭貞一朱君斐約會白鹿洞乃由開先東行二里入萬杉寺蘇子由云仁宗初年有僧手種萬杉特爲建此寺仍以禁中佛賜之寺後有散珠亭蓋山椒之水鑿龍首以出之龍首瀉入石池則激而成珠故有是名焚蕩之後屋皆茅苫龍首亦不出水崖刻延祐空山水隱仁本重修此池臥石刻龍虎嵐慶四大字後有槐京包帚書五字注嵐龍虎三字相連字大徑及六尺嵐字山頭已損泐慶字相距三丈許寺僧因包帚書數字附會爲宋包拯所手書洪稚存曾斥其謬誤寺在慶雲山下言慶雲之嵐若龍虎也李獻吉讀爲龍虎慶嵐非是桯史注桯史爲宋岳飛孫岳珂所著載張紫微王阮賦詩事所謂破費神龍百斛珠正指散珠而言又八里至白鹿洞則貞一君斐先至謁聖殿先聖及從祀皆像設嘉靖間易天下文廟以主此以書院得如故然兩廡模範盡以剝落僵仆誠不如主之爲愈次宗儒祠故先賢祠已祠李賓客周朱兩先生已

遷賓客於別屋已又祠從朱子門人之講學於洞者一十四人改名宗儒已又龕象山陽明合周朱爲四先生次先賢祠隱居自李渤以下主洞自李善道以下彝倫堂有對云鹿豕與遊物我相忘之地泉峯交映智仁獨得之天猶朱子遺墨書院國初已廢故子充云樹生瓦礫間大且數圍正統中郡守翟溥福興復之今之規制大略從翟守也院後甃甎爲洞若城闕以當白鹿之目李獻吉尚不許以鹿眠場爲洞況出自造作者乎注明知府何濬鑿石鹿置洞中清咸豐兵燹毁光緒時知府劉錫鴻復斵一鹿西行數十步有石突如澗上者舊劖鈞台獻吉因而亭之又數十步有石洞二三尺即所謂鹿眠場朱子詩昔人讀書處町畽白鹿場又云舊眠聞野鹿是也獻吉乃以玉川門爲鹿洞玉川門去此十餘里朱子云尋白鹿洞故址愛其幽邃議復興建蓋自南唐以來耳目相接初無異議而獻吉云然不應近者反失遠者能得之也且賓客爲江州刺史即所隱地創台榭以張其事玉川險僻不容台榭若洞在彼而隱地在此則環數里而近如雨花洞聖澤广焉知不出其間乃遙

集於玉川乎就獻吉亦無證據蓋因子充或者之言而意會之也子充謂或云從此右折東南逾重岡行二三里乃至所謂白鹿洞卻從洞後復右折陟嶺乃可到尋眞觀望水簾也按從此右折東南卽鹿眠場耳子充未嘗至此或者以鹿眠場對其云逾重岡行二三里者荆棘之中不核其程里也若以鹿眠場之近不應言二三里則玉川之遠亦不應言二三里矣故自洞而尋眞自尋眞而水簾其先後或者本不誤獻吉易其鹿眠場爲玉川門則尋眞玉川始倒置耳上卓爾山眞一君斐別去乃下小三峽橋觀澗底枕流二字時已薄暮虎聲震地宿文會堂

癸酉遲明出黃屋坡三里至白鶴觀益公云唐混成先生劉元和故居舊屋偶存獨無廊廡唐杉二丈在門內虞伯生云杉本大丈餘歲久中空上折孫枝附生其間亦數尺圍今敗屋三楹近自故基遷過東北十餘丈廓然無門扇牆落不特唐杉不存東坡所謂松陰滿地者僅餘小松一樹耳小童引至溪上觀丹井藥臼上山爲折桂寺李逢吉嘗讀書此院去而登

第以故得名朱子詩受書彼何人姓字不足詳竹帛有遺臭桂樹徒芬芳山志以其書堂載之七賢峯下非也院後有台名黃雲觀今廢次至淨妙寺廢久萬歷末僧念庵重建傳其子卓然向予述山中故事云鄭崟陽見神燈於山出其詩有維摩大士竹林僧無盡燈原是一燈之句陳舜俞云古名青牛谷卽楊衡所謂隨雲步入者谷有雲台庵南唐鄭元素隱舍皆廢寺內月季花大過拱把亦生平所僅見也適白石庵老僧一心過訪卓然邀予至其庵予遂同之上嶺過方竹寺雖名爲寺實則把茅蓋頭耳庵去五老峯甚近其言白石者亦借李氏山房之名也一心云山中無別產衣食取辦於茶地又寒苦樹茶皆不過一尺五六年後梗老無芽則須伐去俟其再蘖其在最高者爲雲霧茶此間名品也白香山藥圃茶園爲產業信非虛話（注山中種茶近仍爲生計之一但雲霧茶以野生在高山者爲貴若自種者非珍品矣今以黃巖者爲上品又有鑽林茶亦佳鑽林亦名閬林）

甲戌下山至凌霄院故明眞尼院也院右有凌霄巖過石屏而入可布几

筵洞外凌霄老籐絡之凡數十尺繞洞而上出碣石乃洞之頂自然成臺遐觀巨浸隙皆宛轉虧蔽尋丈之間景物各趣俗謂之馬祖洞以道一曾居之周益公云古有僧坐禪其間亦未的以爲道一也又下山過太平寺有石臺老虎石至三峽橋益公自凌霄至棲賢過百藥灘予取道與益公同但過而不知酌陸子泉俗子乃刻招隱二字於上山志亦竟以此泉爲招隱（注今泉上有亭亭額署第六泉）不知陸羽云廬山招賢寺下方潭水第六固未嘗名招隱故益公謂陸子泉李漑之王子充謂陸羽泉所謂招隱泉者在開先寺招隱橋側初非陸羽所評益公云招隱橋近爲寺僧徙數十步而招隱泉無人知者物色久之得於二百步外叢篠之後石井依然今開先之泉既沒而移其名於此寃矣李獻吉云橋旁有石亭亭旁崖劖錢聞詩詩今其詩猶在而亭改爲關壯繆祠矣亭昔名寒泉北行至玉淵潭東坡有玉淵神龍近之句張紫薇但書二字於石底左上爲棲賢寺獻吉時其寺尙廢後不知復建何時今又頹落益公云至上塔拭眼禪師石像如生酌飛

錫泉山志有飛錫泉赤眼泉不知只一泉也益公云訪羅漢巖寶陀巖於僧堂之後皆無知者二巖在含鄱口東去此尙數里訪之僧堂之後豈可得哉又北行至楞伽院東坡所記李氏白石菴之精舍也益公云正倚硃砂峯舊號白石佛殿李公擇藏書閣在東偏西廡有東坡作山房碑崇德君墨竹在鐘閣蓋公擇妹魯直母也按公擇有二妹一爲安康郡君魯直母一爲崇德君畫墨竹者故魯直有題姨母李夫人墨竹詩益公遂以崇德君即魯直母誤矣（注益公廬山後錄爲魯直姨母並非魯直母黎洲所據之版本有誤）過金鼇石至萬壽亭有佛碑萬歷末憨山重修記也寺後有般若巖循竹梘行一里至磴道山中竹梘往往有長至二三里者（注今山中寺廟居民用竹梘引水至數里者甚多不足奇也）始信東坡與王敏仲書以大竹萬餘竿引蒲澗水入廣州城者爲非迂論五里至歡喜亭（注歡喜亭石劖三字爲清初常州詞人顧貞觀所書）屋無壁落與豹虎共之予露宿其中乙亥又上磴道二里過石峽轉爲東行十里至青蓮寺（注今青蓮寺爲民國時新建仍其舊址其地今名七里衝爲赴三級泉較平之路）萬歷中曹能始守泰和始建出谷里許至萬松坪麓

中有裴潢匠六人聞余欲登五老峯皆願從往一僧前導共十人從坪後排藤躅棘而上五六里至峯頂五峯原出一山斷而南際始各自爲峯其相距或半里一里游者皆自其斷處南出以臨其頂一峯既盡則北行返於斷處西行其相距之路又復南出以臨一峯峯峯異狀江海磯礁之變略備望遠之奇不足道也頂上多野棠枝幹覆地而生結實殊大食之如蔗糖杜鵑根老不著土松亦不多而特怪醜（注五老峯矮松至爲美觀並不怪醜日人重價購之鄉人斧斤求之子餘無幾）其他草木則寒苦不能生矣原五老所由名廬山之峯此爲最高故慧遠云七嶺同會於東共成峯崿又石皆雲母望之龐眉皓首與他山異色由是庵其下者命名白石二者皆有老之義焉豈因其形似虞鄉之山如潯陽記所云邪下山入庵遇彭城閣用卿燈下限韻賦詩僧定㬎亦與焉（注定㬎清初人曾撰廬山通志毛德琦稱其俗鄙）用卿論詩紹五季餘習一主聲調予未便與之反覆然名山勝友一時兼之矣

丙子西行五里過硃砂庵（俗呼老樹塔）遇雨失道得一僧引之又十里至金竹

坪入千佛寺觀滲金賜像寺爲萬歷中恭乾敬所建慈聖皇太后遣使降香廬山塔廟壯麗者唯歸宗千佛而歸宗在大路供應如傳舍又不如千佛之整以暇也恭乾墓在寺左憨山銘之（注千佛寺今已改玄妙觀由僧而道恭乾墓尚在觀後）里許過一大巖曰尺五天天台王士昌書（注此石劖久覓始得）又二里至黃龍寺黃龍潭出其下有制龍洞降龍石寺亦萬歷中徹空所建慈聖賜以毘盧佛像圓球大鏡藏經勅諭寺僧誤爲陳太后陳太后徽號仁聖非慈聖也西北行二里至赤脚塔御製周顚仙傳所謂赤脚僧也九江郡志云赤脚僧姓沈名覺顯湖口人其卒也太祖賜葬用鐵成塔按黃養正重修天池寺碑文上神其事憶念不置以仙昔居天池乃卽寺申命有司崇飾其殿宇仍建聚仙亭赤脚塔於其左右固未嘗言其死死而葬也周顚傳言遣人詣匡廬召致之使者至杳然矣則是蹤迹尚不可得而謂復出而見其死於世乎（注查愼行游記塔爲鐵鑄七層置像塔下空甕中據此黎洲所疑可以冰釋矣）果若是上又何必神其事也塔前卽赧峯寺故林隱院也（注正德初靜庵素建）予疑塔基爲白雲亭所改李㴲之

云徒倚白雲亭觀宋將岳飛詩塔正當白雲岩下由赤脚之名顯而白雲反晦矣注白雲亭地址所考近是夜間噪聲甚厲僧曰驅野牛也注清初其地尚有野牛牯嶺闢後野獸概被驅除矣

丁丑至天池殿前有池圍以石欄朱子云在小峯絕頂乃有名池泉水不竭益公云雖鑿二沼其涸可待所謂天池今不可到號曰龍潭宋爲天池院亦云妙吉祥寺洪武間以周顚故益飾其祠宇然亦兩經焚蕩陸務觀云今年天池火尺椽不遺李獻吉云銅鐘象鼓悉毀於火注山北天池大林二寺屢不戒於火殆有風水說耶今之屋乃嘉靖後所立者也寺西有聚仙亭祀天眼尊者周顚徐道人赤脚僧亭前危石拔地千仞林見素所謂狀如吐舌者與鐵船峯對峙在下卽爲石門之雙闕其頂有小石亭坐文殊石像又匝路窮爲文殊亭亦名爲瑞光亭自宋元皆然今以爲文殊臺王廷珪云至峯頂庵觀香鑪峯反在其下東有文殊四望二臺則宋時所謂文殊臺者非此明矣亭之與臺雖不相遠與其相混固不如分之爲愈耳亭下臨幽谷遊者祈

請佛燈以爲故事東坡五詠之聖燈卽此也注東坡五詠之聖燈非廬山事言佛光者旣謬東坡詩石室有金丹山神不知祕則以爲丹光朱子詩始信地靈資物化金膏隨處發明光則以爲寶光王廷珪云或謂會昌中藏金像於錦繡谷恐其祥光溢出此說或近歟則又兼佛光寶光而言之然予家姚江凰山之上每交春夏物候勃鬱無風下視平野燈火匝地閃爍往來鐘聲一動則忽然斂滅風土謂之神燈問之習於廬山者聖燈之見亦多得於勃鬱之時而考朱子之見在四月益公廷珪皆在十月則頗與姚江異候蓋草木水土皆有光華非勃鬱則氣不聚目光與衆光高下相等則爲衆光所奪亦不可見故須憑高視之聖鐙巖下羣山包裹如深井其氣易聚故爲遊者之所常遇注佛鐙不僅廬山有之凡高山大澤均所常見廬山亦不僅天池有之其理實難臆斷黎洲之說亦爲有見之談此等事出自釋家之口則當然爲佛耳晝則爲野馬夜則爲聖鐙同此物也寺僧出王文成墨蹟觀之乃夜宿天池月下聞雷次早知山下大雨三首及文殊台夜觀佛燈詩皆載文錄東行一里至白鹿昇仙台周顚傳碑於其上白鹿昇仙

台不見於古疑卽古之主簿塔基也益公云主簿塔洞視空闊有九十九
峯櫛比磬折如城堞然此登眺最佳處也稍前至佛手巖（注佛手岩石劖三大字爲宋人
所書詳考見本志金石）今台正在巖側而洞視空闊舍此台亦無可當者佛手巖頗
類雁蕩之維摩室而深則遜之益公云巖上立峯如指故號佛手近爲野
火焚烈高僧傳云巖如五指中指上有一松株南唐時行因獨棲禪觀於
其中因死松亦枯瘁巖後相傳爲竹林隱寺陳舜俞云香象岡北名阿那
衡內有寺暮時聞鐘梵而寺隱不見其旁半里有羅漢巖亦阿那寺之類
益公云近世誤謂竹林今亦傳甘露亭側石峽爲竹林後戶則此岡昔名
香象甘露石洞昔名羅漢巖可推而知也羅念庵云竹林寺卽佛手巖俗
語誤傳可哂此爲定論矣石劖竹林寺三大字李獻吉云其刻非篆非隸
周顛手蹟也按李濈之遊記崖間鐫大隸書曰竹林寺苔蘚綴結隱顯翠
壁是竹林寺隸刻已見宋元豈因周顛顯聖於此幷以其刻歸之乎（注竹林寺
三字劖崖間者爲橫書隸字卽名游記所述者另有三字直書在其西百餘步崖畔）然竹林磬石卽所謂遠公講經
台也益公云緣佛手巖後細路數百步下視磬石相傳遠公講經台朱子
云佛手巖下臨錦繡谷又有石榻名遠公講經台據是二說其爲此地無
疑矣乃後人以香鑪峯側者爲講經台不知此古之峯頂院也王廷珪云
至峯頂庵視香鑪峯反在其下以今講經台視香鑪峯正如廷珪所云此
一證也白香山遊大林寺序云自遺愛草堂歷東西二林抵化城憩峯頂
登香鑪峯宿大林寺由二林而上歷三化城正値今之所謂講經台者故
言憩峯頂若講經台果在是香山亦不容舍而弗言矣又一證也過推車
嶺問路三塔庵乃至大林寺敗屋數間叩其門無一人應者婆娑瑤樹下
樹由晉僧曇詵所植（注依柳杉生長年齡之生理考之此杉未必爲晉僧曇詵所植也）驗其枝葉實今之
大柳杉也然王廷珪洪覺範已有瑤林之目香山云此地實匡廬第一境
予獨怪匡廬之美盛於山南香山甲草堂大林第一皆在山北未便爲確
論也過飲牛池至峯頂今誤爲講經台劉昚虛詩天際南郡出林端西江
明者是也稍東一峯特出疑卽四望台沿四望台而下猝然與白雲相遇

同行者覿面不見硫磺時撲口鼻霑眼失容磴道滑不受步行四五里至關門石避入草瓢乃昨日硃砂菴所遇之僧也遂如破冢得出生平見雨皆自上而下此雨自下而上一奇也聞者雨聲風聲雲之有聲今始聞之二奇也雲之在下眞同浪海小山之見其中無異蘊藻三奇也注廬山之雲至爲奇詭舒天香所以宿天池百日觀雲不厭也夜雷電巖壑動搖

戊寅下嶺五里過化城渡溪二里至香鑪峯下遺愛寺尋白樂天草堂遺址老僧引至嶺上距寺里許曰是也又引過西數十步曰二十年前李太虛譚友夏游此據草堂記面峯掖寺及卽事詩香鑪峯北面遺愛寺西偏當以此地在西者爲是乃架兩柱未成而罷予曰兩地皆非也記云是居也前有平地輪廣十丈中有平台半平地台南有方池倍平台計地與台池合之不下數十丈今兩地縱橫不過五六丈且其地勢傾欹焉所得平地乎又云南抵石澗夾澗有古松老杉大僅十尺圍高不知幾百尺今地南兩步卽是高阜更無石澗又云堂東有瀑布水懸三尺兩地且與溪流

隔絕況乎瀑布卽陵谷變遷不得一切皆非老僧曰然則草堂安在予曰朱子云白公草堂基在東林寺東久廢近歲復創數椽制殊狹陋然亦非其正處矣陸務觀云五杉閣在上方舊有老杉五本傳以爲晉時物白傳所謂大十尺圍者今又數百年其老可知矣今歲主僧了然輒伐去可惜也草堂以白公記考之略是故處其他如瀑水蓮池亦皆在然則草堂之近東林可知朱子言非正處者亦不過尋丈之間非如此地數里而遙也然王元美訪白司馬草堂尙在東林自桑子木求草堂遺蹟山僧指在此寺之後傳疑於記事而入東林者更不復問草堂於上方矣老僧曰韋蘇州詩居士近依僧青山結茅屋言鄭宏憲依遺愛寺而爲草堂故其草堂亦名遺愛白公祭匡山文云遺愛西偏鄭氏舊隱三寺長老招予此居則白公之草堂卽宏憲之故基也草堂由遺愛而名乃謂近東林而遠遺愛可乎予曰子知今日之遺愛卽當日之遺愛故基乎此寺故名紫雲菴也記事云紫雲菴者相傳卽舊遺愛寺言相傳則未有實據矣遺愛旣著於

昔不宜改名紫雲當因遺愛旣廢紫雲從旁而冒之故紫雲之名至今未能泯也考古者當從草堂而求遺愛不當從遺愛而求草堂耳注白公草堂遺址詎人人殊據予勘查確在東林寺東北側確爲遺址考輿地紀勝載白居易建堂香鑪峯北自有記後改建於東林寺由此可知老僧指告黎洲者未誤第爲未改建前原草堂遺址耳詳攷見本志勝蹟老僧廢然而返予亦下山行一里避雨下崇福寺又二里宿東林

乙卯雨甚觀十八賢影堂像設奇古但堂屋將圮頓放失次不能識其爲某某也十八人者雁門慧遠慧持河內慧永鉅鹿道生黃龍曇順冀州僧叡潁州道昺廣陵曇詵河東曇恆瑯琊道敬罽賓國佛馱耶舍迦羅衛國佛馱羅彭城劉程之柴桑張野張詮雁門周續之南陽宗炳南昌雷次宗紀事謂遠公結社在晉孝武帝太元十五年庚寅而道敬辛卯出家道生辛亥佛馱耶舍壬子入社皆與太元庚寅不合宋書列傳周續之景平元年癸亥卒年四十七宗炳元嘉二十年癸未卒年六十九雷次宗元嘉二十五年戊子卒年六十三當太元庚寅續之十四歲炳十六歲次宗五歲皆無入社之理予謂由蓮社發願文誤之也凡從遠公學佛者俱謂之蓮社非如蘭亭金谷斷以一會自太元八年癸未遠公始至廬山年四十有九至八十三歲卒當義熙十二年丙辰此三十四年之中無日無學者則無日非蓮社也遺民發願特庚寅一時之事不謂此年而外無發願之人卽發願者不得稱爲蓮社也所謂十八人表其社中之顯者然則辛卯辛亥壬子故不碍其入社遠公卒時續之年四十炳年四十二次宗年三十一曾謂不可入社乎或曰高賢傳康樂求入社遠公以其心雜拒之然乎予曰遠公自太元癸未入山不出康樂之爲臨川內史在元嘉八九年遠公已死康樂固未嘗得見遠公故其誄曰予志學之年希門人之末惜乎誠願未遂此正不見之證也彼謂拒其入社者亦卽此言附會之耳就如庚寅一會息心貞信之士百二十三人豈百二十三人者皆能高出於康樂乎有以知其不然矣李北海虞伯生二碑在大殿左右壁伯生碑文不載道園集中北海碑至元重立者亦多剝落趙子昂書注中峯本募疏斷碑僅存

顏魯公題名有數字砌牆間注李碑尚存虞趙二碑久佚顏題名一字無存但今尚有柳公權殘碑黎洲未之及查柳碑清康熙時損爲多塊收入內廷僅餘一塊或佚或現黎洲或因此故未及見耳江右碑材大概層數甚薄故不可久注此種碑材多出星子名鐵壳重言色黑如鐵而年久則重重剝落似不可概言江右殷仲堪聰明泉在影堂西冰壺泉在石刻遠公像亭前卓錫泉在文殊閣下按北海碑云遠公遁由茲嶺契其崇勝曰居地若無流泉曷云法宇以杖刺地應時湧泉其後眞僧益廣方隘本圖乃宏別業東林蘭若既非始開之基卓錫流泉固不應在是且東林圍繞水中理無無泉之歎益公後錄止載聰明泉陸務觀列三泉而無所謂冰壺者豈觀音泉卽冰壺邪其言聰明卓錫久廢不食則至今爲然閣上有文殊像乃近日烏思藏所造寺僧紿爲卽舊像按金像會昌中毀寺二僧藏之錦繡谷沒而不出王荆公有金像現瑞記可考也故益公放翁言東林古蹟皆不及焉崇禎間賀對揚夢禮文殊一小閣中覺而龕影在目吾楚中無此製也拂曉有僧自暉進謁對揚舉似自揮曰此吾東林文殊閣耳其圓龕乃三吳漆工所製未及三年不意見夢於公對揚神其事記之刻於閣上而文不能自序自暉重爲口述如此閣前故神運殿張天覺記云法師徘徊登覽溪流散漫無足廬者一夕雷雨晦冥山水暴至向之中流化爲平陵花木羅列其上九江太守桓伊聞而神之爲之建寺神運之名蓋取諸此務觀云神運殿本龍潭一夕鬼神塞之且運良材以作此殿益公云南唐元宗題神運木今亡寺僧因指階前之池木所自出兩說自相矛盾其爲荒唐則一也劉軻曾夢書生於此雲溪友議云劉侍郎居廬嶽東林寺是也寺西卽符載草堂北夢瑣言云厚之居潯陽二林間草堂中以女妓二十人娛侍聲名藉甚山志以劉軻書堂載於白鹿洞側符載隱居載於五老峯下皆謬也

庚辰觀蓮池朱子云白蓮池在東林法堂前登虎溪橋至西林慧永道場也陸務觀云永公蓋遠公之兄按歐陽詢李邕碑文永河內繁氏遠樓煩賈氏不同氏族務觀蓋因慧持而誤也務觀所云磚塔如故注磚塔今存昔可登覽後爲醉者毀其梯不可登矣益公所云水閣已廢者非但不知其處卽紀事亦不載之矣

西行十里過石門澗石門有三周景式云中有三石相望並峙如門乃益公所未至錄中石門則錦澗橋側之石塔也又冒雨西行十餘里至圓通寺朱子云圓通寺無他奇但門徑竹木深茂可觀耳今竹木既疏寺以兵馬敗落有宋碑二一道旻住持牒蔡京所行一則其行業記也（注此二宋碑今不存但餘一石亭爲宋時建築物）紀事云圓機名道旻元人誤也

辛巳尋圓通古蹟其西爲夜話亭近日所造卽益公所云清音亭也歐陽圭齋有詩不載集中至樂亭三蘇堂俱廢按圓通事實僧作歐陽亭於方丈東蘇亭於方丈西則今夜話亭（由歐陽文忠與居訥得名）乃三蘇堂之故址而古夜話亭自在方丈之東蕪而不理也益公云至樂亭在法堂後王梅溪云舊有假山石已散失有三巨石猶存則蘇亭（卽三蘇堂）之與至樂其地異矣而桑子木謂至樂亭改爲蘇亭者非也朱子詩溪乃侯家名屋是孱王設何故黍離歌喟焉傷覆轍梅溪詩遺像人猶思後主益公觀李後主及昭惠后畫像於此亡國已久猶能託其俎豆圓通可謂無負於後主矣益公云石渠二百五十丈尚無恙今石渠不存寺僧汲水山下勞苦殊甚（注圓通故蹟今毀圮殆盡）寺之東南爲石耳峯東坡詩石耳峯頭路接天其下有道濟塔道濟名緣德梅溪云僧言曹先鋒翰下江州至圓通主僧趺坐不懼所謂主僧卽緣德也然高僧緣德傳不載此事而此事頗與甯波府志棲心寺僧心鏡相同恐亦後人附會也且傳云緣德以開寶中卒翰之下江州在開寶末益可證其說之誤矣東坡於元豐七年四月二十四日宿圓通寫寶蓋頌以贈長老仙公至湯泉和福州僧可遷詩可遷與仙公兩不相蒙不知山志何緣混爲一人可遷生得坡詩爲矜伐之資死冒仙公參名僧之列亦何其多僥倖也

壬午雨甚

十月癸未朔稍霽行五里復大雨冒雨至面陽山尋陶靖節墓有書院在其西南亦敗落李獻吉云初淵明墓失越百餘年無尋焉予既得其山弁田遂還諸竊據而葬者冢而封識之過嶺入康王谷止民舍雨歇士人導

之谷簾泉過景德觀廢址再上有小泉出壁間石鐫谷簾泉三大字注谷簾泉三字石鐫有二處一在小泉旁一在泉源處詳考見本志金石桑子木云宋人所書今土人便指小泉爲谷簾泉非也觀未廢時有山月軒益公云下臨大溪簾水所注終夜如大風聲朱子夜飲軒中有把酒聽鳴泉相看疾如雨之詩徘徊其上二公之風流未應便遠又十五里方爲第一泉其旁有雲液泉子木以爲味在谷簾之上而益公朱子皆未及之何也返宿民舍

甲申行十里至隘口又三里至温泉濯足積雨之後水甚冷王子充云甃石爲池者五南一池極熱北四池稍温今惟上下兩池其甃石不知何時壞也有靈湯院今廢自温泉行五里至栗里淵明移居詩昔欲居南村是也淵明自上京還柴桑自柴桑還栗里又自栗里還柴桑卒焉栗里故有橋今改爲柴桑橋者妄子也自栗里橋西北入深谷三里強有小瀑布大石當其下淵明之醉石也予登其上有至正九年上已題名他刻不能識注此題名尚存他刻亦可識也醉石之上爲虎爪崖然益公云石有坳虛俗云陶公枕痕

也又指若虎跡者其說尤荒唐則是虎爪醉石共一石也歸去來館今亦不知其處注歸去來館即在醉石旁黎洲游時想圮廢未修復其水南流謂之醉石澗山志言醉石澗水南流與温泉合徑砥柱石引益公記砥柱石即醉石也按廬山後録初無此句不知何以云然且醉石在窮谷爲澗水之源不應澗水復經醉石自栗里橋東行五里至歸宗寺未至一里許望有樹偃蹇於隄上者復生松也歸宗中廢僅留一松土人穴腹以爲燎紫柏塡以石泥封之而松復活亡友陸文虎以誓告紫柏文寄南康司理錢沃心焚樹下今文虎沃心死將二十年而予得厲目於此爲之慨然注此松今仍不能活寺內有右軍墨池東坡怪石灌以墨池水即此也王子充謂不足信然流傳既久即不足信者亦爲古蹟矣注流傳既久即不足信者亦古蹟此論可稱通極

乙酉從歸宗後上金輪峯相去十里行一半石崖仄出下臨無地予跼蹐不敢過導者牽臂強之道旁有橫石而首尾鋭者曰靈鵲石有大圓石曰石鏡自下視之金輪與紫霄爲一其實紫霄之南別竪一峯自爲金輪舍

利鐵塔正在其上注塔上刻佛像及經文此與東林寺銅塔所刻經爲廬山僅見之金文詳本志金石峯爲石筍沿鐸成級其巔縱橫不過一丈石楯兩層登之猶搖搖欲墮天朗氣清湖中秋毫皆悉同行僧謂遊者登金輪絕少登金輪者遇此等天時尤少也陳舜俞云歸宗後峯半右石室中有夏禹刻字僅百餘人無復至者今紫霄峯下有兩石室一爲觀音巖一爲可道人洞其爲夏禹刻字者雖無明驗亦安知非庸僧妄易其名乎即如紫霄在歸宗之後益公云歸宗直上紫霄峯鐵塔在焉蘇子由詩來聽歸宗早晚鐘疲勞懶上紫霄峯朱子詩金輪紫霄上皆可證矣今志山者以鐵塔後山總謂金輪別指其東者爲紫霄豈實錄哉但益公云紫霄峯頂有鐵浮圖九級藏舍利遠望如枯木則爲遠望所誤不知其上故截然分兩峯也曹能始云耶舍歸寂後葬於鐵塔時現舍利白光俗呼白塔蘇子由詩白塔微分嶺上松卽此按王子充記釋氏書云佛滅度後所遺舍利八萬四千散在人世龍宮皆貯以金瓶寶篋東晉時佛馱耶舍自西域奉舍利來於此建塔八萬四千之一也然

則此爲佛之舍利非耶舍之舍利也近歲僧果清修塔發之得舍利升許所謂八萬四千之一則此塔所藏者只一粒耳而乃升許豈佛力之所變化邪抑又有他舍利雜之歟釋氏之事每不可究詰如此飯金輪庵雪菴始居此書其門曰但見雲生雙足下不知身在萬峯頭頗自標致右爲杏林故地宋謝景先曾廬其上紀事以杏林謝居分爲兩地誤矣下觀玉簾泉泉下因巖架屋曲折大小皆有心計玉簾之名不見於古而益公云望紫霄峯亦有瀑布李獻吉云歸宗寺有馬尾泉亦瀑布抱紫霄峯而下獻吉之云馬尾雖誤然紫霄瀑布久稱於世顧寺僧以謂開自近日非矣玉簾亦無謂不若仍以紫霄冠之耳注廬山之瀑以予評之玉簾實爲第一 子充云元豐間眞淨文禪師住歸宗時濂溪先生自南康歸老九江上黃太史以書勸先生與之遊甚力以故先生數數至歸宗因結青松社若以踵白蓮社者又云寺左之溪曰鸞溪以擬虎溪其事爲釋氏所傳按先生卒於熙甯六年六月七日後五年而始改元豐則眞淨之住歸宗先生觀化已久其事之有

無又、何待辨哉而子充乃謂形迹未嘗爲累亦未深考也

丙戌雨遇僧智瑞亡友陸鯤庭之門人也獨坐金輪七載出其掩關詩頗多佳句焚香相對盡日

丁亥同智瑞至石鏡溪其三大字爲黃山谷所書在溪石上旁注紹聖元年六月辛亥同（脫四字）十三字然以歷法推之是年六月庚午朔是月不應有辛亥則亥字謂是卯字之誤惜一時未及細辨耳山谷書側又有金輪峯三大字則眞淨所書曹能始謂在石壁者非也溪石鑱刻極多予與智瑞洗索觀之可辨者有洪駒父亭上投石至水戲龍數字及石曼卿郭致純周來宣同遊題名駒父乃山谷之甥其刻或與山谷書石鏡溪同一時事也（注各題誌今俱存有黎洲所未載者均詳本志金石）然則當是時溪上有亭可知智瑞言導溪之源其峯頂有石潭規圓若鏡故名石鏡今無有至其頂上者而以道旁大圓石當之或者求其說而不得乃謂相傳其處有石鏡隱現無時得智瑞之說可以解矣俗呼是溪爲鵝池今妄子遂鑿養鵝池三字於石上周益公云觀墨池又有鵝池恐僞凡古人於相傳者卽不辨明亦存疑而已未敢以身實之此山谷書石鏡溪不書鵝池之意也予自辛未入山至此已十六日風雨阻隔主人不知其何往遂恐墮落虎穴崩崖之下遺人徧索寺院予難主人之意姑入郡城

癸巳見王鱗洲遊三疊泉黃石巖記二處冠廬山予皆未及是日拜李忠毅祠下題詩於壁又拜周朱兩先生像出北門過顏樂橋至羅氏書院其旁爲尋眞故地唐女冠學道處眞誥以此地爲第八詠眞洞天尋眞之名伊此故也其東南爲石牛山山下爲相辭澗亦蔡李二眞人相別處陳舜俞云漢武築羽章館於屛風疊下臨相辭（又作思）澗（注漢武帝時安有相辭澗之名詳考見本志勝蹟）則相辭之名又不始於唐矣李太白詩吾非濟代人且隱屛風疊此地爲太白故居無疑矣而載其書堂者或在靑蓮谷或在南香鑪峯下何不以太白之詩爲證乎（注此論極是故居在此吾亦云然）白樂天訪元集虛詩影落杯中五老峯是集虛亦嘗居此自石牛山至五老峯十餘里間皆疊石如屛障又

名鐵壁過凌雲舍水竹居始抵玉川門多行澗石間兩山忽合大石塞斷從石罅宛轉得路出而始見天光李獻吉以爲白鹿洞也獻吉謂李白朱子皆莫之至朱子之不至固有新泉諸書可據太白隱舍在此不宜屏風疊之勝有所未盡卽此洞誠爲李渤所隱白鹿洞之名旣始自渤豈可因太白不言白鹿懸斷其莫至也門內爲雁山伊精舍月色明甚與雁山談至夜分仰視大鵬峯俯首欲搏急避入檐下雁山桐城阮氏言阮大鉞因潘應奎以降應奎故靳之大鉞不覺屈膝其死也至青草嶺見雷介公索命墮馬碎顱亡國之事豈宜向清泉白石道之然驅我輩於清泉白石者不謂大鉞無其力也

甲午雁山使其侍者導予入三疊泉倚壁有小徑出荆棘之下遇其壁絕則行澗中澗水不測則攀危石而過登頓怒瀑間至龍潭瀑數丈瀉大壑外有㠯如門藏之較青玉峽亦伯仲也潭外有石刻多剝落予辨白鹿洞主趙應慶數字不知爲何代人旁有石類鸚鵡五里至泉下勞悴則十倍矣初疊數丈徙倚壁間二疊如初疊之長而去壁稍遠三疊則數百丈投空而下然三疊未半有巖腹逗之亦頃之始放亦可謂之四疊也潭中有大石者定字劖其上谷風凄然不能下視出觀臥龍瀑臥龍寺廢久嘉靖間何遷重建起亭故所刻武侯像出師表及朱子詩於石已而久廢錢沃心遷其刻像至白鹿書院爲武侯祠今其像亦毀復入萬杉寺佛燈熒然

乙未拂曉與主僧復觀慶雲石壁得題名知軍事制推許震星子尉何次公殿省張繹及皇祐翁日新程子門人有張繹字思權未及仕而卒豈殿省省元皆舉子之通稱不然則又是一張繹也過開先招隱橋由支徑上黃巖臨崖小道僅闊尺許行時目眩至文殊塔其峯視金輪而差小南望正與瀑布相對數千丈之奇如在尺幅青玉峽中誠爲管窺矣雙劍香鑪姊妹龜背犀牛諸峯環列而姊妹兩峯尤奇從下視之則南峯爲姊從上視之則北峯爲姊以予觀之文殊塔一峯乃古之所謂香鑪峯耳太白詩西登香鑪峯南見瀑布水又云日照香爐生紫煙遙看瀑布挂前川此峯

正在瀑布之西登此峯而望瀑布正在其南若今之所謂香爐峯者懸隔一山瀑布全然不見太白何所取義而云耶注黎洲以文殊塔地即香爐峯雖屬創論自具理證吾未敢駁之 若言山北之香爐峯其峯於廬山爲東登之亦無瀑布可見不相涉也自塔東北行爲黃巖寺過溪而尋黃石巖石自然成門寺僧造板扉掩之入門有大石橫五六丈縱半之厚三四尺平覆亂石之上其中可廬入廬旁出則有階級以造大石頂頂正平闊邑人吴江結亭其上留亭所未盡者以爲台木杪之間帆影出沒黃石巖以劉軻之記顯其禪子固劉常進也不知山志何緣牽歸宗智常爲一人名既不同且高僧傳元和中智常始駐錫廬山而劉軻之見常進在庚辰歲則貞元十六年也問其住年但手指松桂云初毫髮我植今環人臂是時廬山之有常進已數十年矣彼後來之智常亦復何與塔西北行三里至日照庵今以其上爲香爐峯也遂以日照菴爲太白書堂之所太白但言登香爐峯未嘗言隱其峯下言隱屏風叠反不信之況此峯又未必爲香爐也下日照二里至簡寂觀

觀已敗落依嶽廟得不廢在白雲峯下故昔有白雲樓禮斗石在殿前藥臼浮來在觀後道旁有布袋巖云陸修靜死建業而所攜布囊即夕見此蓋因石類布囊而附會之也尋錬丹井朱子詩錬藥古井深今田間不能二尺也注予於東嶽廟側越小溪二覓得大石右鐫連理二大字左鐫朱子煉藥古今深詩桑紀毛志所未載 過度仙橋閔許堅曬衣石磥磥不辨何者爲是觀前古木甚多蘇子由詩喬松定有藏丹處已見稱於昔矣寶樹二株乃羅漢松也山中所謂寶樹者有二一羅漢松一柳杉居僧妄指爲外國之種山志則言娑羅木皆非也唯熊明遇記中謂大林寺寶樹園大杉生石罅中圍可五人抱高百尺葉色赭如珊瑚爲得實耳大林簡寂之樹皆在千年以上要是奇物不需以名品銖兩其價也注樹今不存 簡寂東西皆有瀑布而西瀑尤偉西瀑之半有石梁橫空瀑穿其下而過張正見游簡寂觀詩三梁澗本絕千仞路猶通蓋謂是也庚子登舟觀落星圖經石高五丈周回百五十步朱子有落星寺詩今廢益公云寺興於唐景福年宋史云孟太后過落星寺舟覆宫人溺死者十

數惟太后舟無虞新編改爲太后過落星舟覆宮人溺死十數惟御舟無虞因立落星寺失其實矣東坡云南屏謙師妙於茶事十二月二十七日聞軾游落星遠來設茶作詩贈之曹能始載其事於此按東坡之游廬山在四月其貶嶺南八月已過虔州北還亦在四月無十二月在南康之事況南屏爲杭州山也所謂落星者乃保俶塔左之落星石於此無與泊五老峯下

辛丑上岸飯田家復至尋眞觀側看鐵壁流泉上雲龍寺右有兩花洞巖頭餞宴坐處谷公至雲龍而不及此洞豈卽所謂疊石者歟反宿舟中

查愼行廬山紀游

壬申二月余來湓城亟擬作廬山之遊屢以事阻因循過春夏七月旣望同恒齋太守歸自彭澤始定期決往先一日恒齋爲余治具明日辛未天氣晴好辰刻出九江西門過龍開閘從荷葉稻花中步入普潤庵往聞順治丙申老僧朽木掘地得古鉢盂從主僧蘊宏借觀旁刻二龍具五爪中有法王子三字其質渾樸非石非瓷扣之聲頗清越不知何代物摩挲久之已而輿丁至乃卽路

濂溪先生祠去城約十里今祠廢石坊猶存明嘉靖中都御史傅鳳翔建又一里渡石塘橋乃先生墓道按九江志舊有墓道亭今亭亦廢墓在栗樹嶺去大路五里先生隱居舊在蓮花峯下與圭壁綿繡相比爲三峯土人無能確指其處者意雙劍之西數峯如筍秀色娟然且其下有蓮花洞當卽此也

過石塘橋渡三山澗匡山精舍聽雨軒當在其地而無可考十里爲蛇岡嶺嶺不甚高而陂陀作起伏之勢自湓城至此面廬山而行及度嶺徑轉山在道左山頂白道紛如懸絙初以爲樵路細視之始知爲磵道遇雨卽瀑布矣

嶺南五里渡橋爲太平宮道家所謂第八詠眞洞天兩山圍抱中豁一區宮址背老君崖面株嶺九十九峯羅列其前爭奇獻秀無一敢自匿者舊

殿凡九重頹廢殆盡墨僊泉劉僊石寶石池吳道子畫壁滅沒於荒煙蔓草間了不可問碑碣幷無一存惟唐時鐘鼓二樓猶巋然對峙陸放翁謂高十餘丈鐘重二萬四千斤每樓費三萬緡正殿前有鐵菱角一（注鐘樓即俗傳婆媳塔鐵菱角即璇璣玉衡之下座）大鐵鑊一可容五六十石旁小屋三楹奉舍宅陳姓像鐵鐘一至元九年造鐵鑪一獨足狀如鐘而仰泰定三年造黃冠二三輩支折脚鐺於後閣客至不施揖不設坐進苦茗一甌詢以舊事茫然不知計此地自唐宋以來窮極侈麗物盛而衰固其所也

出太平宮度分水嶺迤邐至東林寺寺當廬山之麓香鑪經臺天池諸山翠屏千仞壁立其南分一支自東而北而西環繞寺址謁遠公影堂旁列十八賢像王文成遊東林七古一章眞蹟在影堂壁間（注此詩已鐫石存寺但署款爲陽山人陽明二字豈可割裂是否眞蹟殊爲疑問）歲久墨色漸退粉堊亦落今已缺數字欲雙鉤一本惜悤悤不暇冰壺泉在影堂後淸甘可啜其聰明古龍（一名卓錫）二泉覆以屋久廢不汲矣其東爲彌勒殿殿前羅漢松二株蒼翠欲滴殿後爲文殊瑞像閣事詳東坡菩薩泉銘又東爲銅塔殿塔高丈許範銅爲之制極精巧旁刻金剛經全部楷法遒媚明崇禎朝豐城熊汝學施舍供養者（注此銅塔所鐫之經爲今廬山境內唯一最古之金文）

入神運殿尋古碣寥寥無幾西壁嵌虞伯生碑尚完好刻於元至元閒李北海碑在東壁亦元時重摹已中裂柳少師書尚存自州諸軍事守潭州國公邑二千戶柳公權至末共百一十五字（注今存者祇四十八字連糢糊者共計爲五十六字）斷石二片偃仆佛座側趙吳興書止存貝九疊屏四時花雨風動處插竿竹建精籃海印發光盡天地皆檀越皇極五福天子萬年謹疏今日月疏國史趙孟頫書四十七字斷碣一塊砌禪堂牆外西北角恐爲風雨所蝕屬宗雷上人移置殿壁未知能從吾言否魯公東西二林題名昔人推爲顏書之冠竟無一字存者可勝歎息東林寺中舊有五百羅漢閣宋曹翰下江州多取金帛幷載羅漢以歸時號押綱羅漢事具九江郡志陸放翁東林游記云羅漢閣與盧舍閣鐘樓鼎峙皆極天下之壯觀今問之寺僧無

有知者蓋閣廢久矣
從三笑堂西北行沿溪竹樹蒙密汩汩聞水聲數十步爲常總禪師塔又西爲遠公塔疊石如荔枝王思任稱爲荔枝塔舊有塔院今圮

西林寺在香谷南規模遠不逮東林卻有荒野之趣張僧繇畫毗盧像梁武帝賜蹙綫繡鉢袋唐塑釋迦像皆不存歐陽率更碑亦廢僅存斷碑三大抵皆宋景德間免糧牒文殿東爲永公影堂殿後甎塔明崇禎七年景陵王給事鳴玉重建王自爲記今被火中空而外狀崔嵬如故坐魯宗上人方丈聽談石門之勝欲禮舍利塔尋繙經台五杉閣遺址以日暮不及往仍歸東林經石橋當南昌孔道其側一亭嘉靖中建石刻虎溪橋三大字僧云此非故蹟也故蹟乃在神運殿前上爲垣路下甃石通流涓涓不絕

壬申晨起與琴村商遊山次第意欲先至圓通然後上雲峯北道宗雷告余曰從此西行三十餘里直達圓通別無憩息地且寺中古蹟如三蘇亭夜話亭悉頹落無足供遊賞者遂爾興盡決計登山留詩數首而去

旱飯後拉僧如升爲向導取細路望東南行度澗路皆登陟過崇福寺門不入（崇福有上中下三寺）五里爲遺愛寺修篁滿山中藏老屋忽聞桂香自竹下來尋至後山已開一樹矣樂天云溢浦多竹廬山多桂此乃兼之按寺本唐鄭宏憲所創韋應物刺江州時有題鄭侍御遺愛草堂詩云居士近依僧青山結茅屋寺僧不知但設香山木主耳

從寺東北撥草覓路直上里許地稍平衍處卽白香山草堂故址背香鑪峯面鶴問湖遙視九江城南白塔如石筍一株點破平碧境踞絕勝二十年前會稽陶某爲九江丞曾補築數椽近爲野火所燒惟敗垣在耳守僧以草堂記刻本見貽（注此草堂記當爲趙孟頫應南康燕琦求所書者匡廬作康廬）

盤香鑪峯趾至化成寺徑稍坦中化城茅屋數間下臨大江以曠勝上化城林巒極幻有朗公崖觀燈石古木千章以奧勝下化城在山麓余行已踞其頂從此尋舊路出路漸高肩輿不可行乃徒步攀援而上三里至關

門石尤險惡環山百盤如蟻旋磨自下仰視路節節斷復寸寸續十步以外回顧不相見如此行八九里正喘汗間忽白雲冒香鑪峯而起浮浮如蒸不覺拍掌叫快鼓勇直前須臾已至大林峯矣一名雲頂峯相傳遠公講經處故又名經台舊時夾道皆蒼松行者勞谻（注谻竭戟切疲倦也司馬相如傳徼谻受詘）得坐而休陰數年來悉供山下居民樵爨亦一恨事

昨日從東林南望香鑪與經台兩峯抗峙勢不相下及至經台之巔下瞰鑪峯殆如兒孫舊有僧舍近廢再上爲塔兒嶺又俯視經台矣下嶺數里四山萬木僵立多經野火燒摧者蓋廬山僧舍悉免租糧故山旁人得競取惟天池一帶爲禁山蒼翠如故

上大林寺樂天先生曾遊此於四月見桃花集中有詩序今猶稱白司馬花徑（注花徑今已建精舍數椽又種桃花數百株山北恢復一古蹟矣）寺前一溪泠然寶樹二株葉如刺杉而細如瓔珞柏而長桑紀謂爲娑羅木者非也娑羅葉如楓而七出名七葉木與此絕不類相傳晉耶舍尊者自西域移植其一尤大枝葉婆娑下蔭十畝解帶量之圍三丈餘老屋數楹雖極頹敝終覺古樸可愛按周益公大林寺詩舊有虞永興碑山志俱失載

自大林而西岡脊迤坦樹蔭丰茸松毛墮地厚寸許人行其上策策有聲俯視東西二林時隱時露一里彌勒殿又西爲龍角石北面一峯獨起御碑亭踞其巔豐碑一道勒明太祖御製周顛仙詩文附載官員寺僧名凡六十三人規制堂皇亭亦堅緻壯麗廬山一大觀也按九江舊志洪武中所造碑亭已傾塌嘉靖十二年九江知府馬紀伐石爲之晉江顧珀有記亭西片碣刻白鹿昇仙臺五大字碑亭乃其故址云（注今周顛碑後未見附載官僧等姓名顧珀記及白鹿昇仙臺碣均不存）佛手崖在碑亭東北對面有蟾蜍石可望不可到沿崖至訪仙亭數百步間石狀皆踸踔凌厲不獨佛手崖覺佛手尤奇幻耳中可坐數十人有泉久旱則枯崖之下爲綿繡谷其北石壁上刊竹林寺三大字非篆非隸李崆峒謂顛仙手蹟不知元時已有之黎崱紀遊集云三字出羅隱手訪仙亭東北望一碧千里對面有山居僧訛指爲九奇峯細度

此山形勢當在經臺之背不知何名意經臺旁必有徑可達而遊人罕有
問者

出佛手崖西南行三里至披霞亭卽天池大路九十九盤至此而盡北下里許石壁峭側中裂一罅俗傳竹林寺後門亦周顛仙遺蹟上刻王文成

廬山高三大字歐陽文忠廬山高七古一篇南二里爲天池寺殿二重極宏敞洪武中勅建者已燬今之存者乃萬歷朝重修廬山最高處扁亦文成手書正殿覆鐵瓦蓋山高畏風也天池在殿前廣不盈畝志云始自文殊開化以兩手插石而成二池遂有泉出故又謂之神泉有榜曰第一泉中蓄金魚數尾注第一泉不存所謂金魚與今龍魚是一是二待考今旱久將涸李時珍本草綱目載晉桓冲遊廬山見湖中有赤鱗魚且云自宋朝始有蓄者今則處處人家養玩矣

天池寺志釋冰壑輯按志舊名峯頂寺晉慧持建寺池上始名天池宋曰天池院明太祖勅建天池護國寺以寓祀四仙成祖重勅曰天池萬壽寺

宣宗再勅曰天池妙吉禪寺故曰三勅天池寺

天池禁山之界永樂辛卯所畫東至五老峯南至白雲峯西至馬鞍山北至講經臺

明朝御賜天池寺像器大藏經四廚龍藏金字牌二面珍珠黃纖一握大千僧鐵鍋三口銅鐘一口大鐵雲板二面象鼓一面中銅雲板一面鍍金大銅佛像三尊鐵報鐘二口鍍金中銅像十二尊鍍金銅優鉢花二架大銅爐瓶四副中銅爐瓶二副小銅爐瓶二副風摩銅太子像一尊九龍吐水太子沐浴錫荷葉蓮花盆一箇洪武永樂宣德勅書三道被火皆不存存者惟太子像長不過三寸形製精好當是烏斯藏之最上者僧云舊有人竊像而逃自昏達旦行不出披霞亭外以像歸故處乃得出

聚仙亭祀周顛仙天眼尊者徐道人赤脚僧每歲春秋德化知縣詣祠躬祭自洪武至今相仍不廢

文殊石臺上舊有亭名瑞光旁有偃蓋松一株注此松爲人盜伐鬻于某宅碌碌無足奇矣葉

短異於常產西臨邃谷昏夜時有火點點出其間東坡先生詩謂之聖燈巖朱文公山北遊記云燈非禱不見是夕不禱而光景明滅頃刻異狀又云廬山下有寶故常有光王文成亦有文殊臺佛燈詩然詢之寺僧或白首未一見

甎塔在山北宋韓侂胄建建炎中曾被雷震一角趙忠定公汝愚祠在山椒與塔相近今廢（注天池塔非韓侂胄建所記有誤）陽明先生天池四絕句墨蹟四幅爲豪帥幕客奪其一今三幅尚存旁多俗子題跋殊可惋惜按年譜公游廬山在正德庚辰時宸濠已被擒而公逡巡駐師朝命久不下故其詩有云天池之水近無主木魅山妖競偷取公然又盜巖頭雲卻向人間作風雨似爲錢寧江彬輩障蔽武宗而發寄慨深矣黃石齋先生天池絕句盡道閱明山經眼不可再鳥影落懸崖寧復知所在手蹟已失詩載天池志（注天池寺志康熙時釋冰壑所輯今祇存天池宗譜二本）

鐵船峯在天池西南太乙峯在東南上霄峯在正南其連綿不絕直至含鄱口者爲九奇峯亦名九旗峯亦名火燄山山僧不知皆指講經臺背小山爲九奇峯

癸酉早起從天池三門外西南叢篠間取路至龍首巖舊名捨身崖明劉世揚易今名俯瞰石門精舍如在井底兢兢有失足之懼志言此中有千歲艾萬年松使人求之不可得

石門在天池西南半麓天池與鐵船並峙如門下臨巨壑精舍踞絕壑之底相傳謝靈運所築自宋洪覺禪師隱居之後竟廢明萬歷中僧道香重建下爲龍潭潭上爲神龍宮其相近有清涼台獅子崖文殊崖荒寂太甚亦無久居者正從老僧指點路徑忽然雲氣自石門涌入須臾徧滿谷中瀰漫無涯遂成雲海對面鐵船九奇諸峯數尖浮浮如錐脫穎行者恐迷失道急反步少焉散滅無蹤矣大抵匡山北面峭拔數十里無虛谷以受雲至此則石門一壑呀然而開雲氣有所歸噓吸吐納實地勢使之然

從披霞亭小徑望東南行至擲筆峯又西南爲赤脚塔山山下有赧封寺

俗名祖塔卽赤脚僧留蹟塔七層高丈許鑄鐵爲之下如甕空其中以置像金鍍其外有御書字不甚可辨前殿已爲蛟所掣有鄒南皋廬山高處扁注鄒匾不存

經赤脚塔南行下嶺數里直至水次爲將軍河旁有黃龍潭渡河上嶺又里許爲黃龍寺夾路松杉殆以萬計氣色鬱葱舊名鹿野禪林王宗沐題扁明神廟時守僧徹空召對稱旨賜紫衣及藏經正殿毘盧佛像係唐塑乃歷藏至寺者藏經八廚計六百七十八函每函包以錦袱四角皆緣黃綾今尚存六百函彩色如新護藏勅萬歷十四年三月賜後用廣運之寶續刻藏經序年月同後用慈聖宣文明肅皇太后之寶大視御璽殆四倍俱勒石於御碑亭上亭之宏麗雖不及天池而林巒幽邃別成勝境注御碑亭尚存在今黃龍寺後

御賜長旛二扇長五丈餘闊旛十二扇約長八尺皆片錦爲之紫衣三頂其一用玉環金鉤今玉碎易以銀元人畫十八羅漢像不知何人手筆用

黃絹裝裱亦出內府其一偏袒坐禪牀上左手下垂右竪拂其一趺坐披紅袈裟兩手作展經狀側立一人手托舍利寶塔其一穿針補衲一童子蹲居其旁若解布袋者其一卓立崖洞外左手托鉢右手執匙向善台飼百鳥其一閉目而蹲身下伏一虎童子執高麗紙鼓上懸六環侍立於側其一翹足倚杖坐旁有子母二獅一睡一醒其一袒右肩左挈鉢盂右手以兩指挾珠一顆努目向上視作降龍勢龍自雲端欲下其一曳杖閒行有山魈披櫻毛衣隨後其一倚斑竹欄臨水觀魚金鯽魚三搖尾波上躍躍如生其一長手爪垂枯查浮大海一龍女合掌參禮於前其一結跏趺一手執杵一手執鈴前置一盂波濤作沸湧之勢其一坐精舍展卷其一長眉白髮瘦如枯木身懸瓔珞手持楖栗有善財捧蓮花以獻其一坐石洞中兩手搭膝有若鍾馗狀者率羣鬼躞跜潛伺一鬼持韋馱杵將前復卻其一蓬頭合掌坐崖下其一展櫻櫚臥且垂頭睡其一坐蒲團上老人獻果童子拱手立其一踞古松樹根左右拄地右手背持念珠仰面看松

上老猨騰躍狀每幀下有小楷記施主姓名舍入百福寺海雲堂末署至正三年十月良日化緣沙門普意謹題

午飯後同老僧眉生自黃龍東行道旁石壁刻尺五天三大字赤城士王昌筆又行二里許至金竹坪地勢開敞山多修竹中有千佛寺創於明萬歷朝開山僧恭乾從黃龍借地起道場其徒續芳亦因召見乞賜寺額并藏經但無護藏勅及他賜物耳殿閣三重正殿銅佛座旁列千佛寺以此名南廊三楹供四面觀音像殿旁有劉公靜室故址劉萬歷中太監某奉旨歸老於此靜室後有泉眼久閉竹筧引溪數里外以供香積泉之上舊有亭石欄尚存去寺百餘步爲恭續二師塔又二里經茅竹園黃龍之下院也沙彌於龍潭上覓得萬年松數十本欲登前山觀鍊丹池日暮乃止是夕宿黃龍新築樓上甲戌晨起四山朝氣排闥送青爽人心目寺居萬木中間西南其戶辰己之間屋山尚無日色早飯後東林僧如升告歸老僧眉生伴我行二里至蘆林有佛屋當太乙峯西麓清泉一筧葭菼蒼蒼

令人坐山林而發江湖之想稍上有靜室名陸寓航又東里許出九奇峯之背從含鄱嶺下分路東行入南康界灌莽連雲行者傴露髻頂忽見一峯當前亂石橫縱如飛如躍爲蚱蜢嶺東望五老南望漢陽上霄諸峯突兀趁人五六里至萬松坪卽聞極上人輯廬山通志處蒼雲蔽天一徑窅然深入洵靜者之居聞公爲牧雲禪師法嗣示寂已五年通志刻板置高閣上求刷本一部不得注聞極卽定畧字

鈐岡嶺在萬松坪隔岸與九疊諸峯相連趾盡於土目湖歸宗寺志推爲主山五老紫霄皆從此分枝

午後留行李於萬松僧舍亟欲往觀三疊泉而此間居僧如麋鹿不肯爲向導仍強眉生同行道左有澗出大月山卽三疊泉源沿澗而行草樹蒙翳路窮則涉水已復登岸如是不知凡幾備極嶮巇而目之所接愈入愈奇孤根聳拔千仞到天有石踞其頂昂首垂耳張吻而下飲者犀牛峯也巨石當衝稜角盡殺滑不留足散者棋布豁者門開龍蛇蜿蜒雷霆砰擊者九疊谷也宛轉如城側理橫疊向背異勢互長爭高或騰空上走或奮

怒欲落者九屛峯也巉削童赤鑿成疏櫺如出鬼工者蔴姑崖石楄子也急流漂沫懸溜垂絲匯爲深淵渟滀作鏡照人鬚眉皆碧者綠水潭也自綠水潭而下怪石淩亂絕壁俯臨兩岸無路北崖斗坡若有人跡可容半足側身而上僅乃得過老僧不能從矣上峻嶺約二里石洞當前上通一穴名一綫天再上有臥石一方篆書刻竹影疑蹤四大字（注此刻今存計爲鄧旭書）此去大梁津不甚遠可以俯瞰飛流忽遇擔柴而至者詢以三疊泉路答云距此尚遠會日已銜山遂尋舊路返以告眉生眉生云自一綫天北望三疊泉不過半里乃知向爲樵夫所紿自歎冒險而來已至其旁竟不得一見蓋此泉雖見於太白詩至南宋始著朱子從南康還浙東提舉去後方知之集中與黃商伯陳成和諸君書惓惓以不見新瀑爲恨我何人斯游覽之蹟敢祈勝先賢邪太白廬山謠有屛風九疊雲錦張銀河倒掛三石梁之句今三叠泉源經九屛峯下九叠谷口然後垂而爲瀑其勢遇石凡三跌從高而下如銀河之掛石梁乃詩家形容比擬之詞所謂三石梁

者卽三叠泉非此外別有石梁也從人必欲求其地以實之鑿矣元李溉之謂在開先寺西黎景高言在五老峯上或云在簡寂觀或云在上霄紫霄二峯間桑子木則以爲本無石梁如竹林之幻境劉同升記方以智詩又以爲確然有之衆說紛紛皆非定論（注三石梁劉同升嘗親詣之在含鄱五老之間劉氏非妄人斷無憑空臆造見之文字者方以智亦決非隨聲附和之人天下事未嘗親歷者豈可遽爲武斷哉）

乙亥早黃龍僧告歸別拉松坪長老登五老峯由蚱蜢嶺舍輿而步荒茅刺天仰視無徑蓋向來遊匡阜者率由含鄱口下山南鮮有紆道至五老峯者故此路久塞直上約六七里至頭峯小憩以蘇喘息俯瞰南康遙見棲賢寺前一縷炊煙稍出林杪正指顧間俄而白氣從大地升騰而上勃窣周匝上下四旁山川城郭頓失所在一身之外瞀無所見觀者不能自持皆怖而踞石若孤舟在大海中惟恐爲波濤漂沒者卽王季重所謂海綿也昨在天池見雲海自以爲大觀不意此景更遠出其上食頃日漸高雲氣忽破碎如敗絮或黏山腰或罩松頂或浮水面變滅之勢若被疾風

迅埽者實未嘗有風也再上爲二峯周益公指爲獅子峯者訛獅子峯乃在二峯之下與金印石船凌雲旛竿爲五小峯至此所視更遠左江右湖圜穹一碧目與之際坐稍定海綿復合已而復開連上三峯皆然竊幸廬嶽有靈故設幻境以供游人之目余始願不及此也大抵五峯連綿比肩偶立相去率三里許而第三峯尤雄拔勢與漢陽峯相敵至此足力已疲不能再前展坐具巨石上仰面而臥日下春別從草頭撥路歸

中峯即第三峯絕頂石刻朱子題名不知所在但有日近雲低四大字又一石所刻同而字差小又一石俯視大千四大字皆近時人題志其下有兩峯如卓筆俗名蠟燭峯疑即旛竿峯也（注初白所述各石劖今猶存）中峯稍下有黃谷洞聞極上人砌石爲之下望白鹿洞按志黃谷事無可考洞亦不知所在此非故蹟也

太白書堂廬山有二一在香爐峯下一在五老峯下久失其處今萬松坪普同塔院木坊前有石如屋脊長可三丈上刻青蓮谷三篆字（注此劖仍存）又聞踰澗而北有青蓮寺庶幾其中或有舊蹟因步入寺中惟大殿三間不安牆壁旣無古碣亦無居僧悵然而出

鈐岡嶺下一帶靜室甚多今月宮院文殊院鉢盂庵獅子庵青蓮寺昆盧庵六處雖存而無守僧惟朝陽庵圓覺坪獅子叢三疊泉庵普同塔院五處尚有一二老衲居守大抵山中苦被飢驅而散矣（注上述各靜室惟月宮院青蓮寺存）

丙子早發萬松坪西南行數里道旁爲硃砂庵廢址有水出青蓮谷經庵旁下流入白水漕渡澗上一嶺蟠屈而西至呰口接含鄱口大路廬山南道也斗坡直下千仞目眩股慄不敢前乃令一人先行遮眼使不得下視始重跰接武而下五里有歡喜亭址又下十里萬壽寺（注萬壽已闢爲林場萬壽石劖二字存顧貞觀書）寺東西鄱陽湖紫霄指月二峯左右環抱其相近有楞伽院廬嶽祠不及到又二里許當獅子峯之下有淨成精舍（舊名白竺寺）棲賢天然禪師退院也佛閣二重軒廠精潔後有天公衣鉢塔天公爲澹歸本師住持僧玉泉粵東人語余曰澹公示寂後曾葬此今其徒移塔於丹霞矣又東下

二里爲洗馬池元李洞遊記作洗馬澗渡澗路稍平二里至棲賢寺寺在石人峯下自明末久廢住持角子禪師乃澹公同門法弟方鳩工重建入棲賢谷至玉淵潭觀石間舊刻道旁有檜斷泉注此泉久湮近寺僧覓得一泉導予觀之因之更覓得留元剛題誌以地考其泉卽檜斷隔岸有飛來亭跨溪舊有籥雲橋今圯從松陰下行二里許至三峽橋橋下有龍潭亦名金井其南有扼蛟石橋西應眞閣今爲關壯繆祠觀音亭今名觀音閣有石碑記宋錢子言知南康軍祈祠靈感事橋長數十步平跨澗上俯視數百丈幾不見底渡橋而東爲招隱泉周丞相必大名爲陸子泉李涚之名爲陸羽泉相傳陸羽品其水天下第六泉

棲賢寺中舊有南唐元宗駐節亭祖無擇愛堂劉西澗祠玉峽亭見廬山紀事寒泉亭五老亭玉淵亭見周益公後錄今皆廢

三峽澗之源自五老漢陽太乙諸峯下合白水漕汲泉桃林澗長壠黃石港萬壽源諸水大小支流九十有九皆匯於此從高而下遠者三四十里

近者數里散行亂石間過棲賢寺前磵道稍開廣會爲一派將折而左行忽遇巨石横截澗口遂并力懸注而石形上突下歛畮空如屋檐水勢不得貼石則架空斜飛墜入玉淵潭潭深不可測噴珠濺沫至此悉凝作玻瓈色陳舜俞謂沙石萬數古今不塞誠下通於海矣自玉淵而下共二十四潭兩崖陡絕崖石爲浪所淘歲久皆光滑如油曲折赴三峽橋約二里許登橋南北望長壑委蛇水遇石凡九跌砰霆掣電響撼林谷時久旱水減觀者猶震掉不自持不知積雨之後洶湧何如也

玉淵潭三峽橋石刻磨泐者已多其載在桑紀吳志者宋張孝祥玉淵二大字錢子言三峽橋七言古詩八分書黃山谷三峽澗三大字馬朋金井二大字祥符七年題橋六十九字治平改元楊度題名二十五字以上今俱存黃山谷棲賢橋銘朱子淳熙已亥題名皇祐元年田瑜題名元李洞延祐二年題志及玉淵潭記以上皆不知所在又有桑紀吳志所未載者逝者如斯四大字不知何人書紹定壬辰秋九月甲申知南康軍石囱史文卿

（原注缺一字）事之初躬詣白鹿洞學釋菜先聖先師禮成同僉書判官廳公事天台張莘軍學教授四明任裒然來游又大元至正巳丑三月既望承直郎南康路總管府推官河間吳思勉進道同司獄官盱江胡名世良臣公餘覽玉淵之勝慨追前哲之遺風書此以記歲月云在侍吳中吳著吳克終吳大章侍吏駱天鳳以上俱在玉淵大石上（注查記所載石劖與今不同者惟錢詩已佚餘小差異耳詳本志金石）晚宿棲賢雷電交作三更大雨幸而今日下山若在萬松坪則廚無宿舂矣

丁丑達旦雨不止暫阻白鹿書院之行坐角公方丈驟聞狂飆怒號震動庭宇徐乃知爲玉淵潭水聲也少頃開霽再至潭上昨日上流稍緩故空潭澄碧今則挾急雨其勢盛怒直射百丈潭底窮而無所入乃噴薄跳躍而上如白鷺千片上下爭飛日光照之閃爍奪目數十步內草木皆濕人坐石上對面語不相聞

檐斷泉北道旁有石刻久爲苔蘚所侵與石一色昨過其下不知也新經雨洗字畫微可辨因搜剔出之乃元人留元剛題識八十二字桑紀吳志亦失載（注今據搨本字數有異吳志者吳煒續志也留識考見本志金石）

早飯後發棲賢角公以棲賢三十詠見貽臨行屬其索澹公編行集寄至九江肩輿過三峽橋水勢詭壯與玉淵同三里爲王楊坂村落小聚從此循五老峯趾尋白鶴觀即東坡先生觀棋處惟聞流水濺濺繞澗鳴無所謂古松也虞道園碑記亦失所在羽衣項沐水白髮長鬚衣冠而肅客詢以舊事稍稍能道且云此去數里爲木瓜院有道士石姓者隱居其中數十年近爲當事邀之北去又云昭德觀自明朝己廢爲民居羅念庵買其地築書堂今書堂復廢爲僧舍李女眞之蹟湮矣

白鶴觀去鹿洞不過三里行田壠間迷失道渡澗踰嶺約行八九里幸遇樵人指點乃從後屏山紆折而入到書院陰雲四合已而微雨首謁先聖殿次拜宗儒祠投刺訪建昌學博永豐鄭子充處實洞學副講安義孝廉徐履青京階下榻於彝倫堂（舊名明倫堂）左偏湖口鄉進士周展臣偉吾家星

子派宗姪子全學斌其弟學發皆讀書洞中次第來會

後屏山之脈自五老峯南下書院在山之陽背山而面溪溪水自淩雲峯下犀牛塘經鹿眠場過書院前其西爲貫道橋舊名洗心橋橋南爲大意亭故址稍東爲巡撫安某祠安故有功書院者今之規模略具皆所修葺也祠東爲宋李萬卷勘書臺溪水至此湍流飛激名小三峽上有獨對亭明邵寶建李夢陽作銘自亭右折而上爲卓爾山山頂舊有高美亭嘉靖中御史徐岱建亦名卓爾亭今改爲魁星閣與白鹿石臺文昌閣對峙山麓有橋名枕流渡橋山爲左翼山山巔舊有聞泉亭嘉靖中巡撫何喬建石柱猶存稍上爲諸葛武侯祠星子令許延劭新築按桑子木紀事朱子昔建武侯祠在臥龍岡去此尚數里今移置此地不知何所取義循溪南行有石坊二又東二里爲書院石坊

禮聖殿懸御書學達性天萬世師表二扁中設至聖先師像旁列四配十哲兩序七十二賢及配享諸儒皆塑像朱子云當時與錢子言商量只作

禮殿不爲像設但今已成恐毀之似非禮康熙九年順天學院蔣超上疏請留天下聖賢塑像於是書院復增設焉今兩序諸賢像長不盈尺南爲禮聖門舊名大成門前有泮池周辰臣云湯惕庵先生濬池南爲欞星門

書院在禮聖殿東大門有勅賜鹿洞書院扁入門爲御書閣上貯十三經注疏二十四史康熙丙寅巡撫安世鼎題請勅其董理土木吾家觀察伯父分守饒南時與有力焉北爲彝倫堂

御書閣碑記在堂右楹堂之北爲白鹿石臺明正德中南康守王公濟砌石爲洞其後又刻石作鹿置洞中今臺存而石鹿已移他處李空同謂洞在三疊泉壑中唐龍大意亭記則白鹿洞堙矣桑子木引陳舜俞廬山記謂鹿眠場卽鹿所嘗眠處要之年代已遙不可考也宗儒祠在書院中設周子二程子朱子陸子陽明王先生木主旁列陶靖節劉祕書蔡文定黃勉齋馮厚齋黃西坡林山彭梅坡彭強齋呂月坡李宏齋陳三山陳經歸及李洞主善道劉洞師元亨張洞長某周洞正某呂義鄉某明洞主起黃

山長異共二十人錯亂無章大失位置按洞志朱子沒後諸生繪二程子朱子像祀於講堂後廢明翟溥福別立三賢祠祠周子朱子李賓客而配以陶淵明劉凝之陳了翁劉道原此舉原屬失倫其後蘇葵遷李賓客以下五賢於別室而專祀周朱二子邵寶又配以從朱子門人講學洞中者林擇之蔡沈黃榦呂炎呂燾胡泳李燔黃灝彭方周耜彭蠡馮椅張洽陳宓十四人趙淵並祀象山易名宗儒錢淵又並祀陽明增陳經歸澔配享本朝順治十四年重建爲宗儒堂配享諸賢一仍其舊不知何時復以陶劉二公作配而於朱子門人中則去四人且洞主李善道等既祀先賢祠又列於此皆所不解

文會堂在禮聖殿西舊在宗儒祠址中一聯鹿豕與游物我相忘之地泉峯交映知仁獨得之天相傳爲朱子手書屢經摹刻盡失其眞北壁木板刻紫霞道人游白鹿洞歌詩格既跌蕩不拘書法亦飄逸有致相傳爲羅念庵先生筆墨蹟今存南康府署中

先賢祠在宗儒祠東南祀唐李渉李渤洞主顏翊南唐李善道朱弼宋錢聞詩劉元亮處士明起劉渙陳瓘劉恕元黃異明李齡胡居仁蘇葵陳銓邵寶蔡清唐龍湯來賀共二十餘人按洞志先賢祠舊在文會堂前葛寅亮移宗儒祠左止祀十六人顏翊錢聞詩黃異三人不知何時增入湯來賀之入祠則自本年七月始宋牧仲中丞意也又按桑子木廬山紀事賢而祀鹿洞者尙有王忠文禕今不列洞祀

忠節祠舊在宗儒祠南葛寅亮移文會堂右本以祀諸葛武侯陶靖節者今其址別立當道某某生祠名三公祠邵先生祠在舊忠節祠西南祀康節先生及明學道邵二泉

三先生祠在宗儒祠南祀李空同蔡忠襄侯廣成三公號舍六十間分列禮聖門外及文會堂舊忠節祠宗儒祠兩旁分孝友任卹婣睦六字每號十間爲諸生讀書地

洞中祠閣亭堂昔有而今廢者忠節祠朋來亭好我亭釣臺亭大意亭風

雩亭風泉雲壑樓即宗文閣聞泉亭枕流亭自潔亭六合亭聖旨樓希賢室延賓館聖經閣雲章閣五經堂翟太守講堂十賢堂攝儀堂友善堂成德堂觀德堂光風霽月亭太極亭喻義亭鹿眠亭宰牲亭昔無而今創者御書閣諸葛武侯祠邵先生祠三先生祠提學某祠三公祠安撫祠倫郡守講堂如見亭

八月朔戊寅雨阻書院中黎明學博副講率洞學諸生於聖殿行拜跪禮時讀書洞中者僅二十餘人大抵洞田所入不足贍廩給每日人給錢三文穀二升貧士艱於裹糧故來學者少按康熙十三年清理洞田總額共三千八百五十餘畝歲收洞租銀九百三十餘兩支給各有款項今惟正講副講二人歲支學俸共百金其餘盡歸郡縣官吏中飽先賢遺澤寖以耗散有司不得辭其責也書院中石刻雖多而宋元碑無一存者竟日大雨薄暮徐副講以果品酒肴見餉周辰臣賦詩見贈是夕再宿書院

己卯早晴同周辰臣循貫道溪旁尋先賢石刻鹿眠場石上有鹿眠處三大字釣臺石上有釣臺二大字皆朱子書又有意不在魚四字及李空同碑記碑陰有喬白巖[illegible][illegible]峯三篆字澗底石上有漱石二大字又有吾與點也之意六字溪南石上文行忠信四大字亦朱子書半埋土中書院前澗中巨石刻李空同砥柱二大字又小三峽石上刻朱子枕流二字又勅白鹿洞書院六字在枕流橋東峭壁間其勘書台石旁風泉雲壑四大字半爲苔蝕不知何人書

早飯後別洞學諸君取道羅漢嶺下由王楊坂七尖峯趾西南行至萬杉寺在慶雲峯下舊名慶雲庵宋景德中僧大超受知於仁宗手植杉萬本天聖中賜今名舊有仁宗御書金仙寶殿及國泰清淨八大字皆不存惟槐京包帚書石刻在寺西北山上一石刻龍虎嵐三字相距二丈許又一石刻一慶字字皆徑八尺而慶字尤大寺後有三分池散珠亭亦廢住持老僧熙怡本宜興周氏子言此寺歷宋元明屢更興廢本朝康熙己酉先師剖玉重建又言住山三十餘年與白鹿洞主湯惕庵先生往還極密坐

方丈話久之乃別

自萬杉西行二里許至鶴鳴峯之麓開先寺在焉寺前有招隱橋道旁石刻觀世音像瓦亭覆之法身長一丈六尺舊爲半身像唐太和中神僧筆法後南嶽懶牛藏主募資命善畫者姜月鏡作全身勒之石泰定二年乙丑住持釋師大題其後明萬歷乙卯星子令王成位遷立於此（注此刻今存）自此至三門松杉夾路相傳佛印尊宿手植不知佛印所植松明朝已爲僧南越伐盡別建一寺己爲焚燬事載桑紀中今之鬱然成林者又屬後人補種殿宇二重宏敞高華遠出棲賢萬杉上殿前後老桂四株蔽遮天日亦數百年物殿後石勢隆起爲南唐中主讀書臺故址俗傳昭明書堂者訛詳見馮延己黃山谷二記中臺下水一泓石刻洗墨池三字無可考（注三字爲邵二泉書）臺之側舊有朝涼亭亭下有聰明泉志謂泉味甘於瀑布今泉存而亭廢登磴北上石壁橫開中刻黃山谷手書七佛偈東刻陽明先生正德庚辰紀功題名中有嘉靖我邦國之語明年而世廟入承大統蓋先兆云（注紀功碑西有徐岱詩碑相連稍南有李夢陽詩碑何未載及）從紀功碑西北行叢篁中過萬竹軒宋僧若愚鑿大石槽承以石柱連絡數百丈引瀑入庵湢約里許至漱玉亭亭之西峭壁萬仞瀑布從雙劍峯東下至布水台峭壁間懸挂數十百丈爲龍池所呑池廣十餘畝上有盤石側理橫截旁通一罅水爲所束夭矯如白龍曳尾而下復有澄潭受之當其噴激人意與之俱怒及其渟泫涵蓄觀者亦不覺氣之平矣東坡先生以儷棲賢三峽此語良然峭壁旁刻米元章靑玉峽三大字又留元剛嘉定戊寅十一月八十六字遙視隱隱猶可見龍池側大石上有星子使君李元應置酒邀客五十字又郡守靑田趙與忠四十二字其他題志尚多或已載山志或漫滅不可辨其可辨而不足存者亦弗錄境絕勝耐人久坐己爲輿丁催上道臨去殊依依也渡招隱橋行五乳雙劍二峯之麓路平如砥遙望黃巖瀑布高出林表裊裊不絕從此至歸宗尙十餘里金輪第一峯巳崔巍入目數里爲觀音巖有路可達簡寂觀近聞已頹落且徑道崎嶇連日疲於登涉遂不往又數

里渡鸞溪橋至歸宗寺寺正在金輪峯趾峯顚有舍利塔乃晉時耶舍尊者所創故又名耶舍塔山寺基相傳王右軍故宅三門外有古松一株唐赤眼禪師手植後爲樵人所斵株柯憔悴明達觀大師以土培之呪願而誓曰若寺當復興此松復生如故已而果然因名復生松事載蔣虎臣學士記略寺內有右軍閣洗墨池青松社諸古蹟從守僧公柔借歸宗寺志注今歸宗寺志序云寺志爲明憨山大師撰未刊查所見者或抄本耳　蓋他寺觀明季俱經兵火茲寺獨完故規制猶存古意廬山南北梵宇巨麗宏壯此爲第一又在開先之上矣藏經六百七十八函明神宗朝頒賜達觀大師者有萬歷十二年十二月十一日護勅一道萬歷二十七年二月初十日勅諭二道墨書黃紙上俱用御寶與黃龍寺刻本不同

鵝池在寺後山上池側大石多石刻上有玉簾泉出金輪峯下其相近爲流水崖上有龍潭水自遠山奔注即馬尾水稍東又有一滴泉皆白鵝池下流入鸞溪

歸宗一帶僧舍般若峯下有金竹庵今廢石鏡峯下有大力庵今存又有杏壇庵即董眞人壇今廢杏壇下有香泉寺杏壇之右紅花尖山下有紅花庵今爲民居

庚辰早發歸宗西行過栗里坂渡柴桑橋舊名清風橋嘉靖中御史李循義改今名醉石澗之水所經也考淵明歸去來辭自序及晉史本傳先生家在柴桑而栗里則其所嘗遊者栗里今屬星子縣柴桑今屬德化縣地本接壤易以傳訛故山北以柴桑爲淵明故居山南亦以栗里爲淵明故居栗里之有柴桑橋蓋踵此訛去橋一里所有大石俗傳先生嘗醉臥於此石上有吐痕焉後爲道士觀即以醉石名今觀久廢注玉京山下另有一醉石道士觀者即醉石觀今改淵明祠土人均知醉石觀也　又數里地名隘口在黃龍廬阜兩山間南去爲星子縣治而余指西行十五里康陽坂過此入德化縣界又五里鹿子坂在楚城鄉桃花尖山西桑子木謂即晉時柴桑縣寰宇志云柴桑近栗里陶潛此中人其地舊有靖節祠後廢爲他姓田明正德六年田爲水所衝有

斷碑出焉題曰晉陶靖節先生故里時李空同爲江西提學以此爲據盡
復其地歸諸陶氏有文記其事十里通遠驛
圓通寺在驛東一里本潯陽人侯氏之居故其水曰侯溪溪上有橋名侯
溪橋寺建於南唐李後主初名崇勝寺僧緣德居之石耳峯在寺西南峯
之右別有水經圓通至花田坂趨烏石門名清溪寺基開敞而殿宇頹圮
東偏有觀音泉相傳建寺之初掘地得大士像故又名圓通朱紫陽謂寺
無他奇但門徑竹木深邃爲可觀耳正中大殿二重楚僧杲庵住持操行
清苦旁舍悉分屬房頭僧皆業農牛宮豕柵羅列於側二溪南北盡爲放
牧之場日將夕僧雛成羣叱犢入山門村野之狀可掬往時圓機住茲寺
香積田至數萬畝瓦子渡一處爲糧三百八十石有奇圓機塔在寺西
寺內舊有夜話亭歐陽文忠與居訥禪師談道處又嘉祐中三蘇嘗寓此
故有一翁二季亭又有梵音亭見東坡詩今皆廢東坡手寫寶積獻蓋頌
佛偈舊施寺中問之住持亦不知也

辛巳早與杲公別行數里渡甘泉口石橋天池經臺諸山復入吾目香鑪
一峯尤秀出天際又十里上七里岡已下岡渡曬陽橋又東渡石澗橋按
周景式廬山記石門山在康王谷東北八十餘里是一山之大谷有水名
石門澗吐源渡遠爲衆泉之歸至文殊寺南天池鐵船二山並峙如門水
至此出峽與上霄（注此山北之上霄）之水合北流逕落柁山前過陶家埠匯於鶴
問湖自龍開河以達江此水之原委也但自七里岡而下連涉三澗不知
從何處分流耳橋爲明縣令廖士衡所修王宗沐有石澗橋三大字其南
有雲峯寺乃上天池大路余所未曾經者又十里虎溪橋過東林寺前小
憩太平鋪從此上分水嶺西北行皆登山時舊路矣初意過石塘橋紆道
一拜濂溪先生墓俄而雲起靉靆畏雨而止亟回江城是役也自七月辛
未至八月辛巳凡旬有一日匡山東南北三面風物略得其概於天池觀
雲海於五老峯觀海綿於棲賢開先遇雨而觀瀑布凡遊人所應有與昔
人誇爲創獲者一以無心得之耳目聞見差足償登涉之勞他若九奇漢

陽紫霄諸峯天花井石門三疊泉康王谷諸勝或以地太僻左足跡不能及亦有近在咫尺身雖未歷而目力及之者正欲留他日入山之緣未敢盡窮其勝同遊者吳門王子琴村山之僧如升眉生燈石指點徑路則東林宗雷棲賢角子二禪悅而備糗糧辦肩輿鼓吾遊興者九江太守朱恆齋也

劉蔭樞遊黃巖說

余至開先以次周覽具得其勝指黃巖小塔問佩弘曰可登乎曰過橋由小路迤邐而西扳援直上約四五里旁有精舍可息也心識之越日天氣晴朗余同家僮二人暨贛南掌書林某過橋行里許四顧皆茂草惟折而西北者有石磴足蹤曰此必黃巖路也跨石挽木行將二里有土人燒炭窖二孔遺木散炭存焉距山巔尚將一里林莽叢集不可行始知其誤遂援木而登其巔瞻小塔峙立西峯之上谷深而不可越因回寺中嗣後天池五老之行未遂不復識及端午日余由天池五老宿木瓜洞凡六日方回桑浦遊粵東適至初七夜月下談空知山水之嗜不減于余約次日食蝴蝶麵登黃巖晨起食麵食未訖而雨注因約明日次日陰霧復約明日至次日天微陰余既不果行而家弟復難之遂止之巳午時雲收霧散山光照人桑浦謂余曰今日黃巖宜遂見公之不果也蹉過此日矣余憤然曰明日天晴遂陰亦遂雨亦遂次日睡醒聰外潸潸若雨聲余念曰今日雨而遂勢不可行不遂則前日之語爲欺言顧行行顧言言之不怍則爲之難聖人之訓切矣呼童啓牕視之則云天晴日出潸潸之聲蓋湍流雜風樹然也余驚起呼桑浦同食食訖偕家弟僕中健者四人摳衣持杖魚貫而前登文殊塔探空生洞幽壑峭壁蒼冥萬狀午後由山腰小逕折繞而西至日照庵問太白遺踪下山過簡寂觀有晉代遺松數株幹如蒼崖柯如怪石莫能名狀憩息久之日入而歸嗟乎余居開先黃巖其右臂也舉目在望展足可達遊與不遊復何異而諄諄然言之贅矣何爲乎噫此其中怨天者一尤人者二自責者三不可不察也黃巖自得名以來登者

不知凡幾余偕桑浦一逞無爭於人無妨於物假之以緣可也余與桑浦月下相約四顧無人也次日食麵而行食未半而雨一若風師雨伯有竊聽於旁而故爲阻之抑之者古今來謀最秘而必露事將成而機左逞逞然也司馬氏天道是耶非耶之說蓋感概乎其言之也是安得不怨初十之陰微矣余不果行使家弟贊之則疑可釋氣可鼓易曰三人同行其利斷金合德共濟之需人也而在彼先有難色余遂因而即止爲桑浦者宜向余言曰今日天雖陰後必霽乃計不出此僅開其端以使余之自擇曰今日去否從來進說於人者與上士言則開其端以使之自擇與中以下言之非發露無餘不可也桑浦今日去否之言是誤以上士視余也家弟既沮於先而桑浦不贊於後是烏得不尤余方問佩弘使能切問近思詳其端委既復少俟從容借一人以爲指嚮則黃巖之登久矣乃始則鹵莽滅裂而既復師心自用遂至岐路而歸易曰即鹿無虞惟入於林中此之謂也自責者一黃岩之遊初八待之初九初九待之初十至於初十微陰

復何待哉易曰需險在前也天下惟處患難者利用需否則需者事之賊也學之半途而廢功之將就而隳皆待之一字誤之也使余於初十之早决機自奮羣言勿恤又何有於家弟桑浦而爲事後之悔哉自責者二余語桑浦曰明日雨亦逞次日聞雨聲愕然自驚幸而非雨也如其果雨不識將戴笠濡足拖泥而前乎抑巡旋疑畏而嬰止也語云英雄多爲壯語欺人然亦業幸成功幸就後人附會傳爲盛事終蘇張之餘緒非所訓也况言而不效誇張虛誕傳笑柄於天下後世未可更僕數也自責者三十一日至黃巖坐洞石上啜茗談空四顧樂之桑浦謂余曰公可無憾於黃巖之遊矣余曰否天下事當圖其必然不可倖其或然今日之遊其或然者也余居開先閱四十日矣設今日雨明日又雨事結報至余將棹舟而去勢不能爲黃岩而少留須臾也審矣苟且因循當面蹉過不幾爲山靈笑人乎士君子不於必然者圖之而惟於或然者聽之不可長也余生平不爲詩文字之間以學識陋訥不敢出口茲因黃岩之遊錯迷殆甚桑浦

佩弘學禪而慧者也故詳爲之說以正之

吴闌思匡廬紀遊

出星子南郭循湖濱而行空翠映波層煙如織遥望綠雲杳冥松色與山光滅沒開先萬杉諸寺也過東古山十里渡石梁竹木翠陰蒼森夾徑聽澗水潺湲聲不覺抵歸宗寺

歸宗爲右軍故宅殿右墨池存焉

歸宗寺後亭亭如天柱翠黛千尺爲金輪峯峯頂有鐵塔藏舍利歸宗寺有古松凋殘斧斤中已朽矣達觀大師石塡其中土封而視之遂復蒼鬱老幹分披有拏雲攫石之勢

由歸宗寺後登松嶺千餘步折而西澗水奔湃下視杳冥云是右軍養鵝池策杖而上則大悲岡岡長不及里左右臨深谷岡盡攀鳥道側身捫蘿過石壁行漸下高竹數千竿生石澗旁遵澗過石梁有巨石上架小樓三楹憩樓倚窗三面皆絕壁瀑水百丈噴珠壓窗六月如深秋也故名玉簾

泉

距歸宗之北三里爲簡寂觀是陸修靜養道處古松十九株爲魏晉時物偃者拂地聳者入雲虬枝古幹圖畫所不能寫藉草而坐聽龍吟半日注今此古松一株不存

觀後有樵徑涉石澗攀崇岡屈折而上五六里許則日照庵四圍山色空翠欲滴香爐犀牛漢陽二峯縹緲插雲即太白讀書處也由日照庵東行六七里則黄崖下視開先在綠雲杳冥間石壁萬仞樵徑盈尺行瀑布之上下聽水聲如雷徑盡爲黄崖寺注此路今無變遷路稍大

黄崖寺後有溪溪水奔瀉聲喧亂石中循溪而行入山洞洞後有梯級折而上又出石門上構茅屋曰空生閣閣前巨石成臺石壁千仞竹木蓊翳坐閣中遠眺彭湖水煙帆影近人襟帶間下閣探瀑布源途窮而返注空生閣外有眺月臺臺緣平面有石鑿無極而太極五字寺僧謂東坡書惜款不甚可辨

談匡廬之勝者輒首瀑布而遊匡廬瀑布者率皆遠望而未近接下黄崖

里許一峯孤撑則文殊臺去瀑布咫尺耳側足過飛梁見石壁陡削匹練倒掛不可端倪長溪亂石與奔浪相間如龍鱗蜿蜒也

由黄崖鳥道而下則開先寺入寺有橋名招隱喬松千樹皆南唐以來舊物夾道千尺亭亭如雲天地黛色松下行百步折而北拾級登臺始至寺門望黄崖瀑布已在天際矣

由寺後行石徑百餘步則爲青玉峽地當瀑布下流水可鑑髮飛流三折入潭而歸溪

由開先左取道至萬杉寺亂山環繞翠黛幽深殿閣參差金碧壯麗如入李將軍圖書間

遊萬杉之後旬溽暑平金風起結伴作棲賢之遊北出郊七八里登崇岡崖岫千疊白雲往來好鳥弄晴半似暮春時也十里渡棲賢橋喬松千萬岡林高下屈曲成蹊空翠侵人萬籟俱寂但水聲澎湃如雷人行於瀑布奔流間耳

廬山之東七十二水至棲賢合流而歸壑水勢觸石怒流注空斜飛十餘丈而後墜怪石突兀危崖嵌空登臨其地覺風雨雜沓矣玉淵之水由石澗奔流越棲賢橋而歸於湖坐橋下石壁陰森綿延屈突隱見玉淵飛流如在天上東坡先生譬以瞿唐三峽遂磨崖而志之

橋東有泉名招隱勺水耳取之不竭（注招隱誤）

棲賢寺後涉溪而東行漸高岡陵高下流水潺湲田疇廬舍雞犬桑麻依山臨流各具一趣徑盡登峻嶺行松林中石壁陡削鳥道懸崖俯視雲霧徑斷梯而下鑿石置草閣閣左奇石插天懸泉百丈逼窗而下閣中雖當暑必挾纊乃可坐閣石有大小石屋二可坐臥前臨絕壑遠眺彭湖蒼蒼水煙極目無際乃郡丞李藿思讀書處

距棲賢十餘里則白鹿洞洞外書院爲考亭朱夫子講學處廟貌巍煥絃誦不衰正當五老峯之麓

余自丁巳遊匡廬迄庚申越四載矣再抵星渚於九月之望與李梅子聯

騎出北郭時陽景欲墜四山無色獨返照射五老峯巉崖嵌空鬚眉歷歷度松岡十里折而東循小徑石磵紆迴而逗於樹杪四顧岑寂忽聞鈴鐸吟風穿林迹之隱見樓觀同遊者云此太平寺遂止宿焉（注今太平寺爲尼菴）

由太平寺左尋徑披榛行里許抵淩霄崖竹木挺秀蒼翠潤衣宿露未晞旭日炤燿拾級而登遥望五老峯白煙環繞吞吐變化獨太乙紫霄兩峯兀然近人入寺樓閣紆迴近倚石壁爲故南城令苗公鳩葺

馬祖洞在淩霄寺後咫尺怪石三五突兀似小山石上生古松盤曲如蓋穿石而過有石崖嵌空如屋有閩僧誦梵經其中是爲馬祖習禪處

距淩霄崖右二里則青松舍茅齋三楹面深壑齋中窅靜曠朗爲可琢上人誅茅新建者開後窗正對五老峯崚嶒秀拔近若咫尺也青松舍右登峻嶺折而南亂石嵯峨古樹屈曲幽禽嘑磵叢菊綴道行二里則木瓜洞向聞此地有羽客可談眞者抵洞石崖如屋黄葉滿地岑寂無人但遠眺千林紅葉悵然而返也（注吳遊時石嵩隱道人先已羽化矣）

還故道下崇岡里許則白石菴

二層崖居五老峯之半由白石菴後拾級而登路極陡峻行四五里回望彭湖如帶星渚如杯五老迎面而立如斧劊如冰裂如虎豹之蹲如芙蓉之簇千萬狀態不可端倪也

二層崖之左越嶺而攀鳥道揮白雲超絶壑有龍眉老僧曳杖而止憩焉仰而望見三峯縹緲一峯鋭而挺一峯左顧而欹一峯右顧而弭耳皆有形可象而難爲名欲尋五老之舊又杳不可問久之恍然曰余聞匡山有獅子峯此其是邪僧曰然

由二層崖右松嶺小徑行數百步折而南有崖累石爲塔上有古松盤曲婆娑小憩其上下視絶壑萬仞白雲杳冥覺置身處非復人境崖前巨石百尺宛如白衣大士亭亭雲際同遊者曰是崖以觀音名子其見否

由觀音崖下百餘級趨鳥道捫蘿側足行五六里遥見一峯亞於五老峯巔有石鼓翼而噓雲霧是名金雞峯

由獅子峯繞峯尋道得樵徑闊不盈尺下臨絶壑行四五里漸下則金雞峯叢篁夾道千峯迴環中有蘭若幽邃可偃息

過金雞峯陟嶺而下二三里則金沙菴青松千樹翠竹萬竿菴不甚宏麗而高敞可喜

由金沙菴松嶺策杖而上折而左里許則白崖時山吐白煙風雨欲至遂宿於崖上夜聽瀑水聲如松風萬頃生於枕簟間曉起推窗四望煙霧瀰漫如舟行大海中四面波濤不復知有世界微風東來雲氣舒卷忽而一峯乍見忽而絶壁半開忽而千巒中斷忽而萬壑合冥恢奇祕幻不可摹擬少焉陽烏漏光雲收入岬凭欄俯眺見白雲乍凝有團團如輪者有飄飄如絲者有綿綿如雪者有漫漫如絮者俱橫塞山麓罅隙間青松紅葉怪石奔流湖光一片山城半角或隱或見又如天孫織錦五色炫目匡廬幽賞無過於斯觀止矣遂策蹇而還

余兩遊匡廬終以未登五老歷天池爲恨白崖歸之後旬將束裝過筠州

許明府印渚邀余遍歷名勝遂尋北郊故道至王陽坂右行里許憩於白鶴觀觀居五老之麓唐道士劉混成修煉處坡公遊屐經行極稱司空表聖碁聲幡影句能爲寫照今漸委荒煙宿草間矣唯門前古檜綠葉婆娑或不改舊時風景也余丁未夏杪遊棲賢寺坐玉淵望五老頗極幽賞前旬從白崖歸再憩寺中秋山曠朗別一風景猶以悤悤言旋爲恨茲從白崖小徑行二里渡棲賢橋松煙欲暝草露沾衣薄暮抵寺遂止宿焉凡三過矣

早發棲賢循澗而行青松紅樹微含宿露旭日未起清氣襲人行四五里路漸高過廬嶽祠口拾級而登十里則歡喜亭亭居匡山中路越匡廬而過潯陽實周行也路峻磴險行者至此稍可宴息生歡喜心名實稱是

由歡喜亭鼓力而登復二三里則含鄱口兩峯相介過此路復平坦千峯環繞一澗平流竟不知置身天際但由山北而趨星郡者至此則鄱陽千頃盡在眼前萬壑縱橫雲生足底豁然大觀耳目一變也

入含鄱口坦途而行二三里復臨深壑松杉夾道磴道紆回斜日照曜猶凝冰雪山北地陰而土寒也行五六里登崇岡長松萬株亭亭挺秀有寺名金竹坪基址平廣樓閣宏麗鐵船上霄諸峯列於前天池香爐諸巒嶠環於後金竹正居匡廬之中云

金竹坪下嶺尋樵徑度將軍山石徑陡仄捫蘿而行六七里一峯特立峯巔有寺殿覆鐵瓦前有池方丈許冬夏不涸是爲天池

寺西不數步有亭名聚仙祀天眼尊者周顛仙赤脚僧徐道人王陽明先生顏其額焉

亭西有石臺高丈許平落几案上置石亭塑文殊像古松一株屈曲如蓋葉短枝虬舉手可摩其巓實千年物也登臺下睇壁立千仞楚山潯江隱見在目

由天池小徑涉溪而行二里怪石如屋突兀横疊似無路然近乃見谷口下臨絶壑策笻枚攀木末踏石磴極斗峻舉足撑頦盤跚乃可下歷數百

級磴道盡捫石而行里許懸崖塞路幸去地三四尺傴僂而過見草樓倚絶壁清修者居之由樓前石級而下路絶獨木爲梁緩引而度復行數十步路又絶古松架橋長二丈許闊不容尺下臨無地過此則清涼臺臺廣三丈許四鄰絶壑乃巨石拔地而起神斧斫削上鋭而下平實造化之神奇也坐臺上南顧則鐵船將軍兩峯如一峯而裂者怒濤歎薄瀉於兩峯間北顧則天馬峯縹緲插雲獅子峯突兀嵌空勢吞諸勝東顧有巨石方如印綴絶壁上而不墜有片峯薄如屏風下有斷痕迎風而不折西顧巨谷逶迤中有石阜圓如城郭而陡削而中斷是爲石門是惠遠諸道人游宴處也睇石罅中隱見楚山千疊大約週遭不及三里而靈奇百出洵爲山北絶勝云（注清涼臺地不僅游者鮮至即僧侶樵夫罕經行者境不負人人負境矣近始修闢成通路云）

始下清涼臺歷石磴百級横行數百步則獅子崖崖石嵌空如屋之半下有平臺若掌中架竹樓有習靜者居之

遊清涼臺還至天池遵平崗而行青松紫藤蒼筠紅樹中岡盡一峯前峙

則御碑亭舊傳有仙於此乘白鹿上昇名曰白鹿昇仙臺明太祖製碑鐫顛仙傳而建於此蓋有取焉

面御碑亭峯迴不數十步則佛手崖崖高深三數丈崖口石參差如手之俯而五指歷歷崖盡有石黑質白紋乳泉涓涓不絕而成池

訪仙亭去崖數十步沿石壁而行鑿山構亭曰訪仙謂顛仙也亭前有磐石突出下臨絕壑好事者鐫竹林寺三字其上

由佛手崖西北行約里許則大林寺古木蕭條黃葉滿地金碧剝落苔蘚盈階獨古檜一株大數十圍高千尺云是支公手植迄今二千載矣注此記載甚誤

大林寺之南曰祖塔荒山寂歷樓閣半頹有鐵塔高丈許下坐赤脚僧蟬蛻亦一古蹟云

由祖塔而東北行四五里越嶺渡溪路極紆折有寺名黃龍爲明神宗香火院三大士阿羅漢皆滇南銅鑄者生氣勃勃如觀僧繇畫也

遵金竹坪故道仍出含鄱口東南行五里折而北則硃砂菴石澗水喧荒齋寂靜正面五老第一峯之陰

由硃砂菴東行里許登嶺折而南復登一嶺行五六里始至第一峯紫霄亞其肩金雞附其足遠睇湖山顯晦千里豁然長嘯空谷應聲不數百步轉而登第二峯所見如之更轉而登第三峯是爲中峯視諸峯挺而獨出時午日陽和天無纖雲下視二層觀音獅子三峯茅屋散布緇流往來歷歷可數彭湖如帶環繞足下諸山撲地如培塿田疇萬頃山川繡錯又如棋局以青白相間縱橫歷落酌酒極目樂而忘返以從者苦飢下至青蓮寺飽食興未已鼓力策杖再上中峯躋峯巔有巨石吐於絕壁乃解衣縛帶猨引而登蛇行下視峯巒詭譎不可端倪有挺立如竿者有壁立如屏者有蹲踞如獸者有飛舞如鳥者有劃裂千丈直下而中分者有鑱削萬仞鏡平而斗絕者要皆上接太虛下臨無地又如積雪成山日色銷鎔嵌空玲瓏自成奇險僅可目遇不可意擬匡廬絕勝無過於斯

下五老峯還至青蓮寺秋山翠老古澗水喧落月近人疏星欲墮深山暮宿殊有清景

早起穿林分宿莽而入陟崇岡千餘步則文殊院院面五老中峯之陰中有隱者三十年不下山如桃源中人不知有漢也（注文殊院久圮廢）青蓮寺循澗而行兩峯之介山陡地逼如夏雲連綿屈突橫亙數里是爲九雲屏寺面九雲之中青嶂週圍不聞鳥雀聲蓋匡山極陰處也

由九雲屏依澗而行路絶捫壁以附下臨深澗怒流湍迅過此勢漸平一溪溶溶水色紺碧風浪水石相織如拋綠玉千片於琉璃盤中中有黑影如釜沈是爲龍潭祈雨者於此致禱焉

過綠水潭踏澗石而行里許策杖登嶺路漸高一山劃裂如試劍石中分而高深十數丈路窄容一人行行數十步旁有兩洞深不可測相傳爲竹林寺後門亦好事者臆見歟（注旁兩洞者即今自在亭側之洞其謂深不可測者殆未實際勘察耳）

五老之陰衆水會而成溪長數十里繞九雲屏而東注溪盡絶壑千丈瀑布迅注凡三疊始下玉川門由一線天登嶺折而南峯迴崖曲三疊不全近麻姑崖有孤松倚絶壑抱松擲身憑虛下眺始見匹練三折挂於青壁玉簾讓其高黃崖遜其幽匡廬瀑布斯爲第一也

由麻嶺而下徑不盈尺且陡絶無階級踽步乃可下稍捷蹶躓矣行六七里青黃夾道黛色蒼蒼精舍倚峯峯石巉巖如奇雲是爲凌雲舍

廬山之秀鍾於五老五老之秀凝結於玉川門自凌雲舍依山而行里許亂石突兀水行石門作鏗磕聲蓋三疊泉下流也踏澗中石策杖而行高低硉矹兩足不並立如是者里許見巨石二高三四丈倚古松飛流從石間落捫石而轉歷石磴數千級有石崖玲瓏如屋而穿睇之白石青松古篠似覽鏡中圖畫然傴僂而過蒼翠森森別一天日右倚石壁色如鐵左臨高峯翼如鵬無寸土無纖塵唯精舍數間略似平地階下巨石四五亞以竹木雲林邱壑當不是過舍後崖谷逶迤蒼翠杳冥三疊泉奔注而來水霧陰霾見天僅一痕也

李紱六過廬山記節錄

注：此記前文爲五次過廬山而未得暢游，此爲第六次也，故節錄之

亭午至通遠驛聞圓通寺甚近騎馬往游林壑幽深軒窗爽豁寺建於南唐後主僧目爲祖庭今杲堂僧主之年八十餘談山中風景亹亹可聽因詢近地有可游者乎僧言石耳峯甚近趣具筍輿緣仄徑而上約五里至峯頂望夕陽在履舄下東北望馬耳峯南望鷄籠諸山簇擁若兒孫拜其高曾惟東南五老諸峯崢霄切雲亦僅若比肩僧言此峯之高止及五老之半據此望彼故若相等也半峯有石洞深阻叢木封其外宛若人耳殆以此得名王梅溪謂峯多石耳故名非也石耳不獨此峯有也紅杜鵑花照耀山光又有黃藍二色他境所無山中皆種茶循茶徑而下至清溪溪旁小菴門額爲明弋陽王題書法秀健菴僧前導游清溪泉石鏗鏘作響溪上大石長徑數丈爲天然石橋僧以所攜瓶盎就橋下吸泉置石隙間拾枯枝煎泉採林間新茶烹之泉冽茶香風味佳絕布氈橋面羅列山菓桃乾杏脯梨栗瓜薑並取諸山中無一物自城市至者僧侈言山中所需咸具無求於人意頗羡之仰視溪旁石壁矗立柱天古苔如錦纈爛然俯窺溪泉作微瀑三疊與白雲相亂四周林木高皆數十丈蔽虧日影恍然不知身在何境此峯於廬山未及百一其能移人情已若此乃知石隱者流長往而不返非無所樂而能然也日暮歸驛館嗒然若喪覺軒冕信爲天縶已復自思三極之道各有所事若止求自樂何以立人極孔席不暖墨突不黔聖賢之心固未能以此而易彼也惟是山水之樂儒者不廢而余獨以公私奔迫六過此山而不能爲旬月之游固宜見哂於山靈耳

邵長蘅廬山遊記

（青玉峽記）距開先寺西百餘步爲青玉峽峽之源有二其一馬尾水出于鶴鳴峯側水從石罅迸射數十百縷如馬尾因以名余未至其下然望見之其一卽黃巖瀑布瀑下與馬尾合然後劈峽出奔注谷底兩潭遞受之激者沸白渟者沈黛碎雷轉轂澎湃千狀夾峙削壁百仞餘嵌壁雜樹

經新霜作丹碧色相間樹葉墜潭中縈洄旋覆久之乃急溜而去峽之右有亭曰漱玉余與周生同游觀廬山瀑布自兹峽始是日宿開先寺夜大月涼影如水挾周生復走潭上蹣跚竹樹影僞立如山魈搏人葉聲蔌蔌周生心悸欲還強之前籟寂谷虛瀑聲益奮對面語不相聞余大聲呼曰天壞間自有此峽以來乘月坐石上聽瀑如吾兩人者亦不多得捫崖石題名而返周生名塗工書嗜山水游以壬子九月二十日

(黄巖記)黄巖之水其源出雙劍峯側未至黄巖寺北三十步下注爲小潭巨石橫當潭口過石五六步又注爲小潭泉聲淙淙然自此伏流亂石間逶迤而南一里許石壁扼之泉流峭壁下墜爲瀑布太白詩飛流瀑布三千尺蓋指此此其上流也潭各圓廣倍尋潭石橫潰僞立如羊如牛馬如几如榻如熊羆者不可名數四面竹樹環映日光穿漏石子平布潭底皆作五色或星星如金晶可愛坐磐石掬水靧面徙倚不欲去踰澗折而北百餘步巨石突出上偃而中空旁有竇從竇中繞出石背巨石又覆之亦上偃而中空如畫重累屋然茅屋半楹踞石上俗名空生閣也循澗南下登文殊塔塔與瀑布相對瀑垂千餘尺深秋水瘦猶作虬龍蜿蜒勢轟聲如雷回視雙劍峯益逼眉睫石尖崚嶒如筍峯頂一池人迹杳絶六七月間有蓮花從空飄墜導僧云(注蓮花所墜之地名清源池今並無其事)

(玉簾泉記)玉簾泉在歸宗寺東北五里徑皆行松葉竹聲中未至泉里許望小閣如燕巢仰綴崖石間卽泉菴也菴右跨澗爲小橋過橋傴僂穿石罅下坐潭側仰望玉簾懸空五十丈許如急雨如濺珠漩雪已注潭復激射倒躍上五六尺然後折而去泉旁石壁橫展數百丈若列屏丹碧渲染之對面巨石突出勢巉巉然下厂而上砥平廣可布二席雜樹四五株斜映其旁日照高樹正與泉射泉腰一綫如玦如斷虹青碧相半已復散爲五色瑩暈光景奇絶昔蘇子瞻以三峽青玉當廬山第一而不及兹泉意子瞻時泉猶翳虺蜴榛莽間耶然則山水雖勝顯晦固自有時耶

(三疊泉記)游玉簾泉後十日乃往尋三疊泉先一日宿觀音閣晨起雛

僧導行五里抵玉川門玉川門者峭石撑拄成洞旁有竇人傴僂穿竇中如門焉門內小菴正瞰鐵壁峯峯皆斧削橫亘三三里如張大屏嶂色黑類鐵因以名聞春夏山鵑開景象奇麗菴後循澗行里許抵一潭石多異狀泉作三級下注十餘丈僧曰是三疊泉也余意盡去之仍憩玉川門老衲元公詢游狀笑曰外龍潭耳泉距此尚五里然險絶近罕游者乃賈勇復往元公操杖從尋舊徑抵潭揭澗而北踰一石齦不能受趾腹帖石翕翕然過此皆鳥道榛莽不及頸以下三之一磴碕而滑每陟磴必攀援上膝幾拄頦茅脊劌十指至血濡縷不顧矣澗闊十餘丈搴衣履渡從石上猱接猿騰喘壯石巉爲之股栗久之先見下疊轉絶壁三疊俱見至此則兩壁削峙青天逼狹如襱泉從天落奚止千仞山志稱初級自崖口懸注裊裊垂練既激于石則如雨如霧噴灑二級石上然後匯注龍潭轟轟如萬人鼓乃三級之半石又軋之別似一級則志未之及也泉于廬山最奇最後出太白樂天晦菴諸公皆未及觀茲遊余似有厚幸然使曩騃信導僧所言卽不之信而不遇元公導之遇矣而或怵于險泉之奇迄無由覩也噫嘻天下一窺其藩遽信爲是與夫困于無導與怵險而却者蓋什且八九也斯又重可慨惜也哉

(小三級泉記)小三級泉在玉川門內里許舊名外龍潭卽導僧指余三疊處也語在前記中俗以三疊泉下爲內龍潭故此外之云泉從高山凹處作三級下墜潭每級可二三丈初級循崖蜿蜒如白虹而差短二級怒軋于石噴數尺許跳珠激雪注潭面不復循三級下而三級乃在其裏蜿蜒匯于潭相傳潭有龍歲旱磔狗投潭中輒雨潭三面拒壁轟聲如在巨甕中震擊異他泉余與元公觀三疊泉返復憩其旁語元公曰茲潭倘置之吳會之區游觀之士日集名必籍甚今處是山也介玉簾三疊間曾不足比數談者遂不之及庸非不幸耶然茲潭亘千百年而適與余遇詎非潭之幸耶既出語南康守廖公鐫小三級泉四字潭石上今後游者知泉之名自毗陵邵長蘅始(注三級泉爲四級黃黎洲游記曾載之吳名鳳云三級泉者共爲六級是皆與邵氏之言合者)

（棲賢谷記）尋三疊之明日由白鹿洞西行十里抵棲賢谷谷無奇也然以三峽澗勝跨澗而橋曰棲賢橋澗全石爲底出兩崖各數十丈石多紫黑色李夢陽所云澗石肝爛是也窪者爲潭爲井爲斧爲杵臼爲破甕形突者爲磯爲石梁爲几榻爲陂池坻島水觸石澎湃若與之角久之不勝乃潫洄紆行澗之奇于是爲最並澗一里許至玉淵潭潭深無底相傳甑沈潭中後乃從洞庭湖浮出云潭西爲棲賢寺寺僧石公能詩喜文章與余語甚洽飯罷仍循澗行百餘步微徑新闢下達澗中有巨石如砥緣石南上復有巨石可列坐二十人竹樹交蔭鏗鏘之音泠然會石下石公曰兹勝新得之未有游者余囑石公鐫響雪磯三字崖壁間（注：此鐫覓而未得）夜就宿中清話達三鼓明日送余過玉淵潭笑曰師過虎溪矣石公欣然相視大笑揖別去壬子十月四日（注：壬子爲康熙十一年）

潘耒游廬山記

域中之山自五嶽外匡廬最著名其山絶高大數百里皆見之臨江傍湖驛路出其下有事於江楚者必過焉然遊者甚少古來名賢題詠如林迹其所至涉獵而已大率之官奉使取便一遊乘軺馳傳吏卒守之勢不得窮搜極覽也余少閲圖志即嚮往兹山形諸夢寐頻年足迹半天下獨未遊廬山以爲欠事今年春決策來遊遊黄山已即從饒州泛鄱陽達九江德化令紀秉乾余門生也爲治籃輿具人力先過仙居鄉訪文允言邀與偕遊允言少從其父燈巖先生讀書山中數名勝如指掌工詩習禪禪衲多舊識欣然樂往遂以閏三月晦日同允言及陳甥周綸發九江出西門五里爲濂溪書院元公故居在焉荒落無主者二十里抵山麓太平宮唐明皇所創以奉九天使者形勢絶佳宋元時尚宏麗多前代物白玉蟾之流棲託焉今頹敗不支黄冠拾薪鋤菜而已踰蛇岡五里至東林寺寺於山爲最古遠公於僧爲最高東晉以前無言廬山者自蓮社盛開高賢勝流時時萃止廬山之勝始聞天下而山亦遂爲釋子之所有迄於今梵宮禪宇彌滿山谷望東林皆鼻祖也然而東林之僧甚俗晝地分門各營巢

奮委棄大殿令戍兵得居之弓刀掛壁柱支竈李北海碑間可痛也幸十八高賢像尙存長松清泉如挹道韻宿三笑堂側徘徊白蓮池夜分乃寢晨起上後山禮耶舍塔塔小而制古僧史稱佛馱耶舍舉鐵如意示慧遠遠不悟拂衣去似是宗門一流人然亦在十八賢之數則固同脩淨業者也沿虎溪而西爲香谷谷中有西林寺浮圖巋然林木清疏院宇明潔平陽之孫魯宗主之猶能整齊其衆力復寺田之侵蝕者昔何無忌訪西林慧永永衲衣半脛翛然而來於今無此僧矣廬山約有數層東西林是山北第一層最其淺者往時客至此亦謂遊廬山矣余則以爲甫發軔也遂渡虎溪上香鑪峯尋白公草堂循澗而上山漸深秀竹樹蓊鬱庵院在山塢中者十數乍見乍隱峯半得紫雲庵僧言此古遺愛寺也指庵後百步外隙地爲草堂基余以白公記審之所云平地輪廣十丈有臺有池者似在下方寬平處不應在此祇以面峯腋寺一語指此當之然未見紫雲卽遺愛也香鑪峯有二一在山南一在山北山北者人罕至余以尋草堂故址特至焉境自幽勝正不必以古蹟爲佳耳卻行渡澗得綠雲庵庵藏深竹中滴翠可埽僧斯旨具午餐且請爲前導上峻嶺舍輿而步數里至講經臺云遠公講涅槃經於此是山北最高處回望大江如弓彎潯陽城郭如聚米允言言幽徑舊多古松人行不見日今村民盜伐且盡僧不敢言余言於紀令禁止之并東林戍兵還出焉又前至大林寺寺在山巔而平敞多竹木碧澗流於門外臨流寶樹一株柯條扶疏垂蔭數畝千年物也昔白樂天夏月遊此見山桃盛開作詩歎異余來亦當初夏有山牡丹數十樹作花爛如雲錦詠白公詩彌覺其工主僧冏詹亦平陽之孫留宿繩牀明旦旁澗西行三四里間皆茂樹樹多作花所謂司馬花徑者也澗盡處爲水口兩崖壁立如門水自中落崖石層層刻削如堆疊而成輪囷離奇不可名狀雲霧所漬都生苔花助其蒼古崖斷處豁然開廓俯見平疇繡野澄江逶迤風帆歷歷幽邃空曠兼而有之山中絕境也（注此境猶昔）旁有石隱菴（注此菴已久佚遺址亦無存）潔淨如書屋令人有挂瓢終老之思戀戀不能去

又西得佛手巖巖空洞如夏屋佛龕僧牀羅布其下崖端奇石側出纖銳不齊如佛手而見其指垂溜成泉涓涓滴滴如雨不斷折而北懸崖一線下臨絕壑益險益奇石鑱竹林寺隸筆適古相傳竹林有影無形聖僧居之山空夜靜時聞鐘梵聲明太祖以赤脚僧言見周顛仙與天眼尊者竝坐竹林寺中遣使求之不得立訪仙亭亭下蒼壑萬尋奇石林立雲氣蓬勃天風振衣飄飄然欲遺世而獨立也巖畔高阜爲昇仙臺有御碑亭勒太祖御製文敍顛仙事甚悉帝王龍與天人默相不可誣也自碑亭西至天池甚近導者謂當先歷山中央後繞其邊遂折而南從赤脚塔至火蓮院注火蓮院在擲筆峯南麓今仙巖西旅社越溪而北院據廬山之心注前人游記於廬山中點言人人殊今調查女兒城口岩石上明馮挺鑴匡阜正中處五字殆其是矣詳本志金石面勢宏敞喬木千章行行挺直皆寶樹種也院中可容二三百僧亦一佳道場惜無主者注今成荒土祇餘擲筆峯戒壇石劖五字又西至黃龍潭山益深境益異寺在大谷中一谷皆杉大者十餘抱注明末清初人游記無言黃龍有特出二杉今所謂寶樹年齡可以考證矣材皆中棟梁寺址故羣鹿所居明萬歷中有徹

空禪師趺坐焉鹿以地讓遂成叢林巖畔一潭勺水耳有龍蟠焉時見靈異寺甚寬廣宿於層樓朝煙夕嵐出入窗牖詡詡然與天爲徒矣寺有藏經是神宗皇太后賜裝裹皆大內物又有元人所畫羅漢十八軸筆意高古玩之忘倦翼日爲金竹仰天二坪之遊金竹坪去潭四五里一路皆行竹中舊篠新篁一碧無際恭乾禪師愛其幽勝始結廬焉鄧文潔輩爲之檀護遂成巨刹代有名僧衆常數千指注僧以指計人各十指也其地背九奇而面鐵船岡巒環抱如居蓮葯香泉泌沸道樹森梢惜乎主席久虛堂序翼然而鐘板闃寂爲彷徨者久之乃登上霄峯磴道巉側步行頗崎嶇而境界幽絕道旁雜樹多作花殷紅縹碧種種鮮豔蓋此峯較大林尤高故彼花將闌此花方吐謂大林春歸復入此中可也峯西南爲大小漢陽峯是廬山最高頂路荒塞未及上稍東則仰天坪其高亞於漢陽而地勢平衍略如仰盂土可樹藝有池有泉可用灌漑雲中雞犬別一世界向無居人鏡堂禪師始闢禪宇鑿石耕雲草衣木食注雲中寺祇餘茅一蓋餘地爲同善社租建社所署額曰天上峯非

忘身遺世之士莫能久處今荒落甚蓬蒿幾沒人黃龍金竹仰天三寺皆創自萬歷中是時宗風未盛而禪門講席各自有人開山三師皆精勤辦道感孚人天能於窮山中作大佛事今白拂如麻而獅弦音絕法運盛衰可見已欲宿仰天坪觀雲海變態〔注觀雲海今小天池大天池林寺西皆佳地也〕苦無主者還宿黃龍潭次日循太乙峯之陰東過蘆林庵是石照法師棲息地高山之上有蘆叢生亦一異也〔注今蘆不多見〕又東過含鄱口山嶺中斷始見鄱湖眼界豁然又東南踰二嶺始至五老峯峯南面甚秀北面無奇〔注北面即今七里衝一帶地〕而峯巔甚高與漢陽相埒五峯竝列如筆格一一登其頂適當晴明俯視下方城郭川原如觀掌果澄湖與遙山相錯如繡風帆往來如豆如鳧可指而數允言云當明太祖與陳友諒大戰湖中及王文成大破宸濠時憑此峯觀之乃佳余謂以道眼觀亦一枰棋耳天修羅戰鬬時初禪不值一盼也俄而天風乍起白雲滃然四合身埋雲中無所見遂下峯走荒榛中三四里至青蓮庵門徑甚幽雜花亦盛開而主僧他出欲遊綠水潭萬松

坪不果卻取故道飯於蘆林仍宿黃龍潭明日仍由赤腳塔至天池寺寺以太祖勑建故爲廬山首刹僧官居之〔注僧官之名甚新而趣因寺爲明祖勑建故明代春秋時官來致祭歲首全山僧來朝故謂僧官〕嫺於酬酢而少道韻山境故自佳絕清池一泓在峯頂山塔蒼然戛雲松杉楓楠掩映寺門疊峯層巒拱揖天際其最勝者文殊臺危嶠孤懸下臨絕壑奇石磊磊如猨猴之下縋巖前時見聖燈分合大小變化無方朱晦庵王陽明皆見而筆之不可謂妄日暮天風驟起萬竅怒號夜宿小樓搖搖如舟在波浪中山高壑大四面皆空故風力加猛乍至者多駭怖僧習以爲常欲出候聖燈以風烈不果明晨過披霞亭道旁石刻甚多半不可讀而裂壁內橫鐫清虛靈臺四字〔注此四字今不可見舒天香謂石壁裂罅復合此四字不見殆其然耶〕窺之可辨僧言是竹林寺後門則誕矣自此至山麓可數里石磴曲折老樹壽藤蒙籠其上奇峯秀巖迴環掩映錦繡谷石門澗皆在其旁令人一步一戀惜山北之勝盡於是矣從此出官道繞山之西三十里至通遠驛是走南昌道也道上見山隨步異狀所謂橫看成嶺側成峯

者於玆驗之驛西有圓通寺爲宋初道濟禪師道場白雲端圓機明皆嘗主之後爲禪院近有古南之嗣雪堂居焉始存禪席雪堂本文士得法後焚棄筆硯操行精苦脅不至席者三十年安坐而化今其嗣杲菴亦能苦身律衆不以佛法徇情留余輩焚香枯坐不殊歐公夜話也又南三十里入隘口則南康境折而東見山之南面經柴桑橋過淵明故里有濯纓池醉石遺蹟存焉采菊抱琴之處彷彿見之又東至歸宗寺寺故王右軍宅有洗墨池甚清澈寺後金輪峯亭亭聳秀矗立雲表萬松環之寺在翠微中高廣明淨唐時赤眼歸宗最著名宋眞淨應菴開法於玆奔走龍象大儒若濂溪晦菴皆與之遊明初寺已焚燬達觀禪師指枯松而祝之其松復生寺乃復興然法席今亦虛粥飯僧守之而已去寺三四里有瀑布名玉簾泉山徑蕪茀褰裳往觀之懸瀑如散絲隨風悠揚墜潭無聲最爲輕妙對瀑達盤陀石可趺坐熟玩往年好事者築樓其旁今傾壞無居者還宿寺中次日至簡寂觀觀創自陸修靜道流世居之宋時尚有許堅錢朗輩著異蹟今觀久廢惟東嶽廟數椽黃冠陋甚不堪共語禮斗石搗藥臼皆在枳棘中幸有古松二十餘株云是六朝物龍鱗雪幹蔽日干霄是廬山松之最古者撫翫移時作長歌紀之而去東望香鑪鶴鳴雙劍諸峯爭高競秀絡繹紛來將至開先寺遙見瀑布如千尺練曝於巖端至寺門則隱不見而夾道松杉參天交柯接葉陰涼沁人平橋可布茵席溪流潺潺與風篁禽語相應和如琴筑焉院宇清潔不著一塵平陽之孫心壁主之（注心壁有漱玉亭詩集宋牧仲與倡和清初名僧也）修雅能詩以省親往滇南其徒桑浦攝院事同登讀書臺觀王文成紀功石刻辭筆高簡字大徑尺（注徑尺有誤）甚壯偉寺右百步即青玉峽瀑布所從落也匯爲龍潭漱玉亭臨之瀑短而勢雄雷轟轂轉有石破天驚之勢恨久晴未盡其奇得雨當不減天台石梁耳夕陽射林瀑噴如雪潭澄如鏡石錯如錦布席石上飲酒盡一甌第念輿中望瀑甚長玆見其尾未見其首翼日復從寺西上峻嶺經姊妹石過香鑪峯憩黃巖寺取仄徑至文殊塔乃見瀑第一層（注開先觀瀑以寺西虎山爲最佳文殊塔見首又不見尾）

也游者其驗之裂雲而來破壁而下一白千尋不見其底太白所云銀河落九天者甫足當之蓋雄壯他瀑所同高朗茲瀑所獨擅名宇內不虛耳還過開先又東至萬杉寺寺枕慶雲峯宋仁宗賜金成之嘗植杉萬本今杉少而竹樹鬱然舊蹟存者帚書徑丈四大字而已寺亦久廢近時剖壁禪宿鼎新之今其孫大楚繼席規制井井允言云五乳爲憨山所開路雖險僻不可不到乃復東行遙望七尖峯纖側如抽筍五乳列其下注七尖者山峯有七排次而立亦名七賢五乳者五阜突出如乳其形肖也拾級而登可五六里至法雲寺憨師所手闢遂終老焉寺在峯頂而有池有田刀耕火耨可不乏食百年來尚完整推窗見鄱湖一口可吸奧而能曠無若此者寺有丁雲鵬所畫達摩以來諸祖像八十餘軸亦諸方所無允言訊其遠祖雲山手書正氣歌則失之矣婆娑良久還宿萬杉翼日乃遊棲賢廬山多大谷棲賢尤寬邃竟谷可十里三峽橋當其中絕壑爲梁溪水湍悍就崖石爲址下圓而上平工巧類神造橋下有潭曰金井窺之黝黑深不可窮峽石皆赭色奮迅角立水行其間奔騰跳蹙相搏相摩盡水石之變石互一溪如千營萬壘水初出山如一旅孤軍摧鋒陷堅奪隘而出水本至柔至平之物遭遇坎坷恃源而往百折不回而至勁至奇出焉志士仁人亦若是矣上流稍平處涵蓄如方塘綠沈碧淨是名玉淵神龍宅焉又上爲棲賢寺寺後正當五老峯瘦骨蒼顏如拱如傴凭欄倚戶面面露奇蓋棲賢之勝兼山水水之奇在三峽以橋收之山之奇在五老以寺收之昔人布置良巧然寺久圮天然禪師修復之化後其嗣子居焉天然粤東孝廉公車過廬山有所感發全家入道道風被嶺南是洞宗之傑出者恨不及見其人其子訶衍得法不出世隱處近黃巖悔未之訪也五老之支南行盡於白鹿洞地近南康城故南唐以爲國學朱晦翁以身爲師增屋置田力請於朝賜書賜額遂爲海內書院第一迄今守其規不替萬歷中先曾祖注次耕曾祖爲潘志伊守南康洞學先爲江陵相所廢學田官鬻之先曾祖亟議修復重搆堂廡召集生徒還田數百畝大有功於鹿洞洞志詳載之比至洞偏尋古蹟見一碑穹然刻先曾

祖所撰文備紀復學事不勝欣幸亟搨數本歸（注此碑今存）洞主熊漁濱南昌宿望繼湯惕菴爲山長諸生濟濟弦誦不輟顧而樂之會雨作不果留趨巢雲菴宿焉地名觀山所謂白鶴觀昭德觀者皆不存而尋眞觀故墟新營此菴仰眺五老峯尤親切是夜大雨爲停一日雨止乃爲三疊泉之遊東北上峻坂頗艱澀而山勢絕奇麻姑大鵬鐵壁諸峯皆石骨嵯峨如屏如城削立天半酷似雁蕩武夷與廬山他峯不類過雙溪亭見溪流下合上歧得雨而怒洶洶皆作白波又上至玉川門削壁對峙飛湍出其中幽險蒼寒不類人境覺浪禪師之孫文或自蕪湖退院結廬閉關焉東筏煨鐺類能遺世者溪源卽三疊泉溯溪而進二三里可至石路崩塞久斷人蹤須過溪登山頂乃得見之雨後水暴漲狹處猶難渡取木梯爲橋橫跨溪上兩人挽竹爲欄踐波而過允言年稍長余止之勿渡獨與陳甥行小憩凌雲舍以其僧爲導從鐵壁峯之腋直造其巓石仄草深盡銳賈勇牽攀而上旣登峯則彭蠡小姑潯陽大江都在杖底又二三里至懸崖側徑土名塘塍縴者乃見瀑布懸於對面如百幅冰綃搖曳空中又如萬斛明珠從天傾瀉蓋峽束泉湧噴空而下都不着壁小頓復行分爲三節一節直垂二節差曲三節更闊而長

綜覽一山之體勢大抵土石相參山水相得秀頑相半主賓相當蓋得天地中和之氣獨王于江湖間盤礴數百里言其高則層峯插天雲雨在下然而山巓多有平土流泉隨地湧出可耕可鑿非如他山之高枯瘠而不可居言其深則重岡複嶺迷徑惑溪灌木長林不見日月然而在在皆有僧舍笠屩所至隨意眠餐無途窮之苦非如他山之深荒險而不可游言其奇則孤峯拔地絕壁造天瀑落雲中泉懸空際然而意像古雅標格清疏卽之可親服之無斁非如他山之奇詭怪而不可圖畫宜乎高人逸士棲託於斯流連忘返未至焉者夢想歌思圖詠讚歎不置也茲山跨兩郡葦左司白樂天輩官九江者僅至其北王子充王敬美輩官南康者僅至其南周益公李溉之李獻吉輩雖曾遍游而繞其邊未穿其腹余以林居

無事特酬夙願

李日鋮遊石門序

介在江湖之交挺生廬嶽依然雲霧之窟突起石門鐵削天空嶔崎雙闕烟沈壁冷曲折層巖百尺金輪梵響如聞天外一泓明月古秋常寄山間野夢相尋虛積十年之憾羣情共赴偕趨數日之遊白太傅擬挾琴書尙慚夙願遠道人欣同緇白已續舊因趺坐空軒支頤而看爽氣振衣絕壁搔首以問青天八月新秋遙憶淒淒之雁度孤峯沈暝共聞唧唧之猿啼蕉影空翻疑是一溪風雨佛燈浮現驚看半夜星辰主深山而閒想都忘愛老僧之清興不淺相接劇談得楚狂遇之方外問我卜築笑匡俗原在山中撥火連床空寄三生之夢清泉白石賴假一宿之緣茲別難忘遊方未厭他年訂約秋以爲期

袁枚游廬山記

甲辰春將游廬山星子令丁君告余曰廬山之勝黃崖爲最余乃先觀瀑於開先寺畢即往黃巖巖仄而高篴而升奇峯重累如旗鼓戈甲從天上擲下勢將壓已不敢仰視貪其奇不可不仰視屏氣登巔有舍利臺（注即文殊塔）正對香爐峯又見瀑布如良友再逢雖百見不厭也旋下行至三峽橋兩山夾溪水從東來巨石阻之小石尼之怒號噴薄下有宋祥符年碣諦視良久至棲賢寺宿焉次日聞雷已而晴乃往五老峯路漸陡行五里餘四望彭蠡湖帆竿排立已所坐舟隱隱可見正徘徊間大雨暴至雲氣坌湧人對面不相識輿夫認雲作地踏空欲墮者屢矣引路里保避竄大聲呼杳無應者天漸昏黑雨愈猛不審今夜投宿何所輿夫觸而顛余亦仆幸無所傷行李愈沾溼愈重擔夫呼詈家童互相怨尤有泣者余素豪至是不能無悸躑躅良久猶臨絕壑忽樹外遠遠持火者來如陷黑海見神燈急前奔赴則萬松菴老僧曳杖迎嗐曰相待已久惜公等誤走十餘里矣燒薪燎衣見屋上插柳方知是日清明也次日雪冰條封山觸履作碎玉聲望五老峯不得上轉身東下行十餘里見三大峯壁立溪上其下水

潺潺然余下車投以石久之寂然想深極故盡數十刻尚未至底邪旁積石礎碎瓦礫無萬數疑卽古大林寺之舊基輿夫曰不然此石門澗耳余笑謂霞裳曰考據之學不可與輿夫爭長姑存其說何害乃至天池觀鐵瓦就黃龍寺宿焉僧告余曰從萬松菴到此已陡下二千丈矣（注此語問不確）遇雨最險處何名曰犂頭尖也余五年遊山皆樂惟此行也苦特志之

靖道謨自白鹿洞游廬山記

余來鹿洞三年日與諸子讀書講學未嘗問廬山面目也丙寅高秋始動游興議所之或曰有四大寺游屐紛錯且地勢平衍筍輿可行余曰姑置之或曰木瓜崖地勢高峻瞻矚寥闊余曰似矣然尚非歸宿處其臥龍岡乎諸葛公之佳名也吾子朱子所愛慕之而欲結廬其間者也舍此將安歸雖然晉人將有事於河必先有事於惡池魯人將有事於泰山必先有事於配林請從折桂白石始遂自鹿洞後山循岡脊西北行披榛莽間菊綻黃華楂垂朱實相與采擷而食之以當餱糧幾忘山石之确犖也其下爲聖澤泉流東注鹿洞谿聲潺潺與人語相答響溯流以行至折桂寺寺在凌雲峯下鹿洞從五老峯降勢茲峯爲其發軔山寺後有讀書臺故阯唐李逢吉嘗讀書於此已而舉進士寺以是名朱子有詩云竹帛有遺臭桂樹徒芬芳八關十六子之號幾令丹巖蒙滓然南陽諸葛廬西蜀子雲亭苟善讀書林泉當爲生色矣入寺小憩周覽巖岫前山崔嵬隱蔽彭蠡巖前有老桂一株殆數百年物根柢輪囷雙幹亭亭直上時史子師戩徐子符瑞從余指示二子曰兩君各折一枝以爲來秋之兆可乎相視而笑出寺西南行過石梁聖澤泉經其下登前山攀藤蘿而上數十步一歇息歷數十息山微平石徑幽邃青松夾道遂至白石菴宋李公擇讀書處也公擇及第後留書九千卷以俟來者之求蘇文忠嘆爲仁者之心元祐初以公擇爲三司使或言其少幹略司馬溫公曰使天下知吾意不急於利斯眞讀書人矣寺門南臨彭蠡湖光瀲灩若在几席間因止宿焉明日爲重九佳辰早飯畢西南行纔里許至木瓜崖方子雲衢于子久中諸人咸

集崖前望彭蠡較白石更覺清切崖側有洞層折而上逾數百仞五老峯去平地七千六百餘丈洞在峯前計其高下得十之八九大江南數百里山川皆隱躍呈露不獨華嶽峯頭呼吸可通帝座也崖洞爲仙人劉混成種木瓜代食處故以氏之問臥龍岡路遠近土人云南去尚二十餘里路崎嶇特甚人迹罕至諸子或有難色余曰吾輩此行何爲甯畏難而止乎明日下崖南行過太平寺敗垣破屋寂無僧侶值太平之世有頹毀之僧廬豈其此盛則彼衰也歟過太平澗折而西行踰洗馬池過棲賢寺側寺亦唐李賓客讀書處蓋廬山四大寺秀峯瞻雲萬杉玆其一也從寺側南行取道叢棘間經滴水崖下山澗中踰高家嶺石上苔蘚斑駁滑澾巖巒陡峻鳥道縈紆百步間殆不止九折也又逾一小嶺沿北山麓行下見臥龍潭水瀑瀵石磵中望磵南山麓地稍開豁有茅屋數間卽臥龍菴遺阯又西行數百步則臥龍岡在焉非山岡也有石橫亘澗中長數丈蜿蜒若龍故名今岡擁沙磧蔽翳茅茨中形狀藏縮如龍之在蟄其起亭遺阯尚存則明嘉靖中都御史何遷所重建今亦惟餘石礎斷碑而已潭之水從百丈絕巖懸瀑而下有滉漾飛舞之勢而幽深遼杳果如前所云人迹罕至者竊怪此地山深嵐重若非風日晴明則李崆峒晝常黯黯之言似亦足信何爲吾朱子當年欲築室於此及細繹記中幸其深阻夐絕非車塵馬迹之所能到則又爽然自失矣時值亭午秋宇澄清與諸子徘徊留連不能去因汲潭水取所攜茶具烹茗而飲之各欣然若有所得昔季札觀樂至於簫韶曰觀止矣吾游廬山至於臥龍岡亦云復歷亂石間下小嶺取道王楊畈過李家山爲公擇舊居望木瓜巖隱然在雲氣中到鹿洞日在西崦聽諸號舍讀書聲悠然想見折桂白石中當年景象也時乾隆十一年九月

洪亮吉游廬山記

霜花己零湖水尙漲出九江府南門行十五里至新橋塘又十五里抵東林寺樹雜絳紫畦分靑綠峭雪盤鸖零霰埋鴉水聲琮琤人境蕭瑟寺殿

圮已久僅存虎谿橋三笑堂舊址有二斷碑臥道則元至正中重刻唐開
元二年李邕碑記注碑爲開元十九年建二年誤及元至元中虞集所撰寺碑也堂基丈
寬碑石寸裂雲去不停客來難駐過西林寺始飯青浮七層黑壓半嶺所
謂香鑪峯繙經臺及東晉舊塔也日甫過中渡虎谿沿山行林禽若棱水
碓如織十里渡石門澗抵報國禪林宿僧名去凡略有元解本能仁寺方
丈退閒者也小憩復陟山後鉢盂峯峯有數巨石徑七八丈猙獰拒客歷
落笑人積勢欲頹支以弱木漏下返寺堂敞延月窗虛受風清夢未沈曙
光已徹去凡僧欲從至天池千磴百回五里九折過白雲亭甘露亭諸遺
址瞰北峯九奇庵儼嵌眉睫大沙磊砢細石瑣碎間以飛瀑無時無聲舍
輿而步過半天峽徑益險澀峯峯倒垂石石悉立巖號試心洞纔駐足復
入一石門石刻廬山高三字明王守仁所署也益歷九十九盤至峯頂有
平地半畝爲披霞亭故址仍高低百餘步至天池寺舊峯頂寺也入寺先
頫天池朝暾上樹殘月在潭林花雪花競鬪開落寺西數武爲廬山神亭

殿外突出一坡爲文殊臺稍高爲聚仙亭舊所云凌虛臺矣飯後由寺北
約行三里許至佛手巖掌文羸旋爪倒犀利巖泉從石竇中出嶺指九天
泉蟠九地洵奇景矣由寺後西北尋訪仙亭游仙石故址注游仙石石鬣三字爲羅洪先書今存在竹林寺字對崖之脣
出壑深峭沈雲鬱興其陽則春花成團其陰則冰柱垂尺
涼暄分於一谷寒暑變於俄頃小憩復上嶺至白鹿昇仙臺與去凡僧揖
別肩輿復東上一嶺峻折一二里甫至地平卽赮封寺門外也別逶迤上
一嶺較前益陡嶺半己洶洶作聲卽黃龍澗自此至黃龍寺一里許皆行
深樹中空翠沁骨寒風襲肌低行坎塪恍隔人世寺門甫開山勢乍拓門
上卽藏經樓五間正面西日以境地幽曠爰下榻焉金輪森轉玉宇嚴凝
非復人境矣樹皆娑羅高出山頂者尚數百尺注洪爲清乾隆時人不言黃龍有特出二娑羅樹也
山僧云祖師自西域攜種來非所詳矣入夜奇冷寺僧燒松明徹旦始得
就枕五鼓起飯數盂迎日東上寺僧以竹筧接泉長至五里泉響既斷峯
形轉高歷金竹坪五里陟上霄峯蹠含鄱嶺嶺勢直下肩輿幾殆又十五

里逕三峽澗入棲賢寺山谷中紅紫眩目波濤聳耳憩方丈飯又歷登影堂舍利閣空曠之致與巢禽共分幽深之景隨潭鯉浮出沿澗百步至普門橋旁卽普門庵山與澗深谷同雲轉十五里至萬杉寺寺僧引至寺後觀臥石上龍虎嵐慶四帚書旁注槐京包一行僧指爲宋包孝肅非也又二里至秀峯寺舊名開先卽詣黃龍潭（注非黃龐潭乃青玉峽中龍潭也）觀千尺瀑布宇宙之觀至斯而極台蕩之勝曾何足奇臥以代坐晝遂至暝石上前明迄本朝人題字極多半皆俚鄙半復漫滅惟正德八年李夢陽題名尚可察識夕卽止宿七佛樓下晨仍堅坐潭測久乃出寺循金輪峯趾行空翠中十里抵歸宗寺見金輪峯乃寺後鎮山也方丈僧復導至晉右軍將軍王羲之故宅前有墨池池側南壁嵌忠鑑堂石刻自宋黃庭堅至明董其昌共十數家並尚完好（注此刻今存）飯後至寺北五里訪玉簾泉泉亦出山頂與開先瀑布同覺微瘦耳峯同玉燭吐焰及天水漾珠璣流影匝地從官道至南康十五里星子縣令廣西周君吉士已遣人遠迓遂入城憩一行館

周君爲甲寅舉人來謁久談乃去夜將半南康太守霍邱竇君國華垂訪知已臥乃去翼晨復來余已欲出城塗次相値立談一晌始知太守乃庚子北闈同歲生也十五里逕回流山至白鹿洞書院周君已候道左相與登洞前眺石橋飛瀑諸生在院者亦鵠立相迓并聞私語云蘇內翰去洪內翰來不知可相敵否諸生大半皆豐城人也遂升講堂并謁禮殿夫子暨七十二賢均有塑像蓋仿曲阜孔廟所作文翁西蜀壁繪聖賢李渤中堂室陳俎豆蓋山惟此一隅不爲佛剎所占云飯罷與周君及諸生別八里至土樓又三十里至吳障嶺圓月已上團蕉可棲覺籧篨之席華筦無其安齋鹽之餐牲牢遜其潔矣未曙卽渡嶺回身與匡君揖別二十二里至八里坡始出山是日雲氣陰翳日出復沒又八里至九江城前後計遊六日若文殊臺之峭佛手崖之奇黃龍寺之古樹開先寺之瀑布則又廬山之四絕也所未遑者亦黃崖及三疊泉與蘇文忠等耳嘉慶年十月望日

惲敬游廬山記

廬山據潯陽彭蠡之會環三面皆水也凡大山得水能敵其大以蕩潏之則靈而江湖之水呑吐夷曠與海水異故並海諸山多壯鬱而廬山有娛逸之觀嘉慶十有八年三月己卯敬以事絕宮亭泊左蠡庚辰纔星子因往游焉是日往白鹿洞望五老峯過小三峽駐獨對亭振鑰頓文會堂有桃一株方花右芭蕉一株葉方茁月出後循貫道溪歷釣臺石眠鹿場右轉達後山松杉千萬爲一桁横五老峯之麓焉辛巳由三峽澗陟歡喜亭廢道險甚求李氏山房遺址不可得登含鄱嶺大風嘯於嶺背由隧來風上攀太乙峯東南望南康城迤北望彭澤隔湖湖光湛湛然頃之地如卷席漸隱復頃之至湖之中復頃之至湖壖而山足皆隱矣始知雲之障自遠至也於是四山皆蓬蓬然而大雲千萬成陣起山後相馳逐布空中勢且雨遂不至五老峯而下窺玉淵潭憩棲賢寺回望五老峯乃夕日穿漏勢相倚負返宿於文會堂壬午道萬杉寺飲三分池未抵秀峯寺里所即見瀑布在天中既及門因西瞻青玉峽詳睇香鑪峯盥於龍潭求太白讀書堂不可得返宿秀峯寺癸未往瞻雲迂道繞白鶴觀旋至寺觀右軍墨池西行尋栗里臥醉石石大於屋當澗水途中訪簡寂觀未往返宿秀峯寺遇一微頭陀甲申吳蘭雪攜廖雪鷺沙彌朗圓來大笑排闥而入遂同上黃巖側足逾文殊臺俯玩瀑布下注盡其變叩黃巖寺跳亂石尋瀑布源溯漢陽峯徑絕而止（注：徑未絕也惲君中道廢耳）復返宿秀峯寺蘭雪往瞻雲一微頭陀往九江是夜大雨在山中五日矣乙酉曉望瀑布倍未雨時出山五里所至神林浦望瀑布益明山沈沈蒼靉一色巖谷如剷平頃之香鑪峯下白雲一縷起遂團團相銜出復頃之遍山皆團團然復頃之則相與爲一山之腰皆弇之其上下仍蒼靉一色生平所未覩也夫雲者水之徵山之靈所洩也敬故於是遊所歷皆類記之而於雲獨記其詭變足以娛性逸情如是以詒後之好事者焉

遊廬山後記

自白鹿洞西至栗里皆在廬山之陽聞其陰益曠奧未至也四月庚申以事赴德化壬戌侵晨沿麓行小食東林寺之三笑堂循高賢堂跨虎溪村游西林寺測香谷泉出太平宮漱寶石池甲子渡江覽湓口形勢乙丑返宿報國寺大雨溪谷溢焉丙寅偕沙門無垢籃輿曲折行澗中卽錦澗也度石橋爲錦繡谷名殊不佳得紅蘭數本宜改爲紅蘭谷注紅蘭今猶有之忽白雲如野馬傍腋馳去視前後人在絪緼中雲過道傍草木羅羅然而澗聲清越相和答遂躡半雲亭睨試心石經廬山高石坊石勢秀偉不可狀其高峯皆浮天際而雲忽起足下漸浮漸滿峯盡沒聞雲中歌聲華婉動心近在隔澗不知爲誰者雲散則一石皆有一雲繚之忽峯頂有雲飛下數百丈如有人乘之行散爲千百漸消至無一縷蓋須臾之間已如是逕天池口至天池寺有石池水不竭東出爲聚仙亭文殊巖巖上俯視石峯蒼碧自下矗立雲擁之忽擁起至巖上盡天地爲絪緼色五尺之外無他物可見已盡卷去日融融然乃復合爲絪緼色不可辨矣返天池口東至佛手巖行沈雲中大風自後推排雲氣吹爲雨灑衣袂復坐昇仙臺捫御碑亭雲亦重至半雲亭日仍融融然耳無垢辭去遂獨過鐵塔寺而歸天池之雲又含鄱嶺神林浦之所未見他日當贏數月糧居之觀其春秋朝夕之異至山中所未至亦得次第觀覽以言紀焉或有發前人所未言者未可知也

李宗昉遊廬山天池記

道光五十年乙酉秋九月發南昌回京師道出九江通遠驛驛距天池二十里抵驛日未昃浩然作遊山想迺縛竹爲輿驛丞爲嚮導循山麓試輿芒鞵竹笠歷錦澗橋外寺觀多不知其名亦不暇考人行谿光山色中間以夕陽青峯紅葉明如畫圖暮色蒼然不忍舍去既宿驛館天未明促從者暨丞起仍輿上天池志所謂錦澗上若庵若亭若谷若半雲有緣甘露諸勝以及風洞試心石元猨洞又石華表陽明書歐公廬山高詩皆于輿中心識之注歐公廬山高詩在道光時石已久泐李游時未細察故云越半雲亭徑益仄俯視飛雲旋

繞波濤滉漾然後歷九十九盤至天池未及天池七八里有片雲穿輿過衣袂霑潤已迺忽遠忽近倏濃倏淡前肩竹輿人倏見倏不見雲過去則輿如青蜥蜴蜿蜒蒼崖及峯巔雲轉在脚下遂見佛手崖於東白雲峯於西九奇於陽石門於陰卻詢寺所在輿夫以凹中告曰楓林深處是矣蓋峯際罡風震盪椽瓦不能著不得已匿於山之頷也穿竹徑入寺門下輿如蜕比至方丈低屋蔽虧無所覩惟天然石階石縫蘭葉怱怱可愛詢僧以可望空闊處答曰四仙祠前呼童挾蓐往西行里許僧導上凌虛閣觀聚仙亭明所祀天眼赤脚周顛徐道者像祠後山高出雲表前為文殊臺一古松大百圍峙臺端下臨不測席蓐坐松下四圍莽莨蒼翠屏嶂環列邃谷以數百計坐頃遊目萬象畢集獨倚松飲茗忽有聲自後山巖樹飄落一大雲如積絮墮滿坑谷坐側老龍鱗咫尺無覩置身蒼茫泐穆中因收視默念當更有異境俄松籟發天風驟下穴雲如水中盤渦旋湧谷底四旁穿互化積絮為太湖石千戶萬牖窈窱於虛空間其石穴之杪雲盡

處曰脚射之則有見亭一角者樓半窗者塔三五級者江之帆一兩葉者湖之舟數十舵者崖之紅葉千百樹者使人目瞠神聳而不得暇而屐聲自墜籜中來近迺知為僧以茶至呼曰和尚見雲中境邪僧曰是尋常耳曷足怪風劇作盡埽所見雲而山之樓閣宮觀林木之青紅紺碧江湖之風帆沙鳥畢露跟肘間坐移時丞僧童皆來導還廟覓匡廬神主不見尋至廢殿中仆於塵几以冠拭之奉正中佛座前禮而退仍輿下山趨東林寺已晡飯於遠公舍迺行燈炬中錢西來同年太守駷迓余道左急告曰余覓得廬山主人矣握手至驛詳語以遊山狀西來瞿然曰此守之責也次年春中以書投京師得正廬山祀典遂書如右

民國

胡適游廬山記節錄

民國十七年四月八日胡適高夢旦蔣竹莊沈崑三等同遊廬山三日胡適有廬山遊記茲擇其關於古蹟時代考正及高夢旦用測高器測得山之高度處節錄於次

到御碑亭亭在白鹿昇仙台上（此據舊志今則另有一白鹿昇仙台其實是捏造古跡也）

白鹿洞本無洞正德中南康守王溱開後山作洞知府何濬鑿石鹿置洞中這兩人眞是大笨伯

白鹿洞在歷史上佔一個特殊地位有兩個原因第一因爲白鹿洞書院是最早的一個書院南唐昇元中（九三七—九四二）建爲廬山國學置田聚徒以李善道爲洞主宋初因置爲書院與睢陽石鼓嶽麓三書院並稱爲四大書院爲書院的四個祖宗第二因爲朱子重建白鹿洞書院明定學規遂成後世幾百年講學式的書院的規模宋末以至清初的書院皆屬於這一種到乾隆以後樸學之風氣已成方才有一種新式的書院起來阮元所創的詁經精舍學海堂可算是這種新式書院的代表南宋的書院祀北宋周邵程諸先生元明的書院祀程朱晚明的書院多祀陽明王學衰後書院多祀程朱乾嘉以後的書院乃不祀理學家而改祀許愼鄭玄等所祀的不同便是這兩大派書院的根本不同

廬山有三處史蹟代表三大趨勢（一）慧遠的東林代表中國佛教化與佛教中國化的大趨勢（二）白鹿洞代表中國近世七百年的宋學大趨勢（三）牯嶺代表西方文化侵入中國的大趨勢

歸宗寺最多無稽的傳說試考訂其最荒謬的幾點以例其餘

（一）傳說歸宗寺是王羲之解潯陽郡守後捨宅爲西域僧佛馱耶舍造的志四頁廿四引桑疏此說之謬歸宗志已辨之歸宗志說考晉史佛陀耶舍

于安帝義熙十年甲寅（四一四）始至廬山羲之守九江在成帝咸康初歸宗寺則咸康六年（三四〇）所造也前後相去六十餘年當知所請爲達磨多羅而耶舍實金輪開山繼主歸宗耳（廬山志四頁廿五行）歸宗志能指出王羲之不曾爲佛馱耶舍造寺是很對的但他又說羲之所請爲達磨多羅那又是極荒謬的杜撰典故達磨多羅的禪經是廬山道場譯出的但達磨多羅從不曾到過中國此可見羲之造寺之說全出揑造咸康六年之說亦無據（注右軍刺江州在咸康六年後詳考見本志勝蹟）

（二）歸宗寺有王羲之洗墨池羲之造寺之說大概因此而起宋犖商丘漫語已辨之（注商丘漫語非宋犖著予未見其書然明桑喬紀事已引之故知非宋犖著也）他說臨池而池水黑者謂因墨之多也羲之雖善書安能變地脈易水色使之久而猶黑哉（志四頁廿六行）知道了墨池之不可信便知因此而起之羲之造寺說也不可信

（三）歸宗寺背後山上有金輪峯峯上有舍利塔莊百俞遊記說金輪峯頂有鐵塔佛馱耶舍負鐵于峯頂成之以藏如來舍利這是最有趣的傳說其說始見于釋慶宜的復生松記略毛志（四頁卅一）始引之慶宜大概是康熙時人二三百年來此說已牢不可破了今試考其來源指其荒謬

（A）舊志引神僧傳中的佛馱耶舍傳從無說他負鐵造塔藏舍利的話也無王羲之爲他造寺的話

（B）周必大廬山錄云石鏡溪上直紫霄峯鐵塔在焉（注鐵塔在紫霄峯乃周益公誤載黃黎州遊記中已辨之）又他的廬山後錄云三將軍正廟自歸宗登山才里餘又其上八里則紫霄峯峯頂有鐵浮圖九級藏舍利遠望如枯木而晉梵僧耶舍亦有墳在其中（志十四頁十八）這是我們所得的最早記載可見南宋時已有鐵塔但不名耶舍塔其峯名紫霄峯（注廬山錄下文另有一個金輪峯）其時已揑造出一座耶舍墳用意在於坐實王羲之爲耶舍寺的傳說却不在與塔發生關係

（C）元延祐己卯（一三一五）李洞有廬山遊記中說從報國寺杏壇間遙望白雲紫霄諸峯森猶紫笥矗其巔耶舍塔冠簪玉如（十四頁三十五）其時人已不知耶舍墓而此塔遂叫做耶舍塔了但其峯仍名紫霄峯

（D）明嘉靖中桑喬作廬山紀事自序在嘉靖辛酉（一六五一）卽舊志所稱桑疏爲後來廬山志的根據他說耶舍塔山在般若峯東明正統中（約一四四〇）塔爲雷所擊摧折惟一級存此時去正統不很遠其言可信那時人已不知紫霄峯之名了但稱耶舍塔山舊志因襲此說故云峯從山腰拔起峭麗如簪玉笥然無以名以塔得名（志四頁二十）

（E）此塔正統間被雷毀去之後至萬歷間僧修慈重修據歸宗寺志舊山志不記此事毛氏續志也不記此事但有施閏章詩云鐵塔孤飛峯頂煙（志四頁二十七）又王養正清初死於詩云塔聳金輪舍利藏皆可證明末清初塔已修好了王養正詩說塔聳金輪又可證晚明以後的人都誤認塔所在之峯爲金輪峯其實金輪峯在歸宗寺後山並不高舊志明說他形如輪（四頁二十五）與那峭麗如簪玉笥的耶舍塔山顯然是兩處舊志卷首有地圖（圖五）歸宗之上爲金輪再上爲觀音岩再上爲耶舍塔山可以爲證但後人皆不知細考歸宗寺志民國三年活字本卷二也遂認此塔所在之山爲金輪峯陳氏指南莊百俞遊記皆沿其誤於是宋人所謂紫霄峯一變而爲耶舍塔山再變而爲金輪峯了寺後之金輪峯從此高升兩級張冠李戴直到如今

（F）元人誤稱此塔爲耶舍塔以後遂有耶舍負鐵上山頂造塔的謬說出來慶宜作復生松記略便直說耶舍躬負鐵於金輪峯頂爲浮屠以藏如來舍利其時考證之學風漸起故歸宗舊志所引廬山志竟能證明耶舍與王羲之的年代相差六十餘年引見上文但這班和尚總不肯使耶舍完全脫離關係故一面否認耶舍爲歸宗開山之祖一面又擴大耶舍造塔的神話於是有金輪開山繼主歸宗引見上文的調和論毛德琦續

志注廬山續志乃吳煒編毛德琦乃引續志也說得更荒謬了耶舍尊者定中三見輪峯乃奉佛舍利至匡廬建塔於頂（四頁二十）於是耶舍之來竟專爲造塔來了

（G）此塔既是神僧負鐵所造自然歷久不壞於是世人皆不信此塔年代之晚此塔全毀於正統間見桑喬紀事重修於萬歷間再修於乾隆十四年後來又毀了至光緒卅一年海會寺至善之徒碧蓮募款重修得方某忘其名之助注爲方萊廷居士僱用寧波工匠用新法鑄補以上均見歸宗志此塔孤立山頂最易觸電故屢次被毀所謂新法大概有避電的設備此塔今日能孤立矗天雲遮不住雷打不傷原來都出甯波工匠用科學新法之賜但有信心的善男子善女人都不肯研究歷史或仍認爲耶舍負鐵所造如莊百俞遊記或稱其歷久不圮指南頁五十三此事是一個思想習慣的問題故不可不辨正

以上是我在船上記的手頭無書僅据廬志所引材料略加比較參證而已我回上海後參考各書始知佛陀耶舍從不曾到過廬山一切關於他的傳說都可不攻而破了

梁慧皎高僧傳的佛陀耶舍傳中說耶舍於秦弘始十二年（四一〇即晉義熙六年）在長安譯出四分律長阿含等至十五年（四一三）解座耶舍後辭還外國至罽賓得虛空藏經一卷寄賈客傳與涼州諸僧後不知所終（金陵刻經處本卷二頁十六）這是很明白的記載他是罽賓人仍回到罽賓走的是陸路決沒有繞道江南的必要他既沒有到過廬山於是

（一）歸宗志所謂考晉史佛陀耶舍於安帝義熙十年甲寅始至廬山乃是妄說晉書那有此事王羲之傳也不說他守江州在何年

（二）神僧傳說他在弘始元年譯四分律幷長阿含等經南至廬山與釋慧遠會蓮社的話也是妄說弘始元年鳩摩羅什還不曾到長安何況耶舍廬山結社的話全無根據

（三）他既還外國廬山那會有他的墳墓

(四)他既不曾到廬山那有王羲之爲他造歸宗寺之事那有他金輪開山繼主歸宗的事那有負鐵造舍利塔的事

我於是更考佛陀耶舍到廬山之說起於何時日本僧最澄於唐德宗貞元二十年(八〇四)入唐明年回日本攜有經典多種他著有內證佛法相承血脈譜中引傳法記云達摩大師謂弟子佛陀耶舍云汝可往震旦國傳法眼耶舍奉師付囑便附舶來此土耶舍向廬山東林寺其時遠大師見耶舍來遂請問後時耶舍無常達摩大師知弟子無常遂自泛船渡來此土(傳教大師全集卷二頁五一七)敦煌本歷代法寶記(倫敦巴黎皆有唐寫本我有影印本)所記與此略同但把佛陀舍耶誤截作兩個人此種荒誕的傳說起於當日禪宗和尚爭法統的時期其時揑造的法統史不計其數多沒有歷史的根據如上引傳法記的話謬處顯然不待辨論此爲耶舍到廬山之說之最早記載其起原當在八世紀後來的東林十八高賢傳(北宋時始出現稱陳舜俞刊正沙門懷悟詳補)與神僧傳都更是晚書皆是刪改高僧傳而

加入到廬山入社一句李龍眠蓮社十八賢圖李元中作記晁補之續作圖又自作記皆依此說此說遂成眞史蹟了但後來這個傳說又經過不少變遷可以作故事演變的一個好例起初耶舍與廬山的關係只在北山東林寺一帶故廬山志(十二上頁二)說分水嶺之西東林寺之北有耶舍塔桑喬紀事云耶舍塔並塔院西域僧佛馱耶舍建並廢後來山南佛寺大興也要拉幾位神僧來撐場面於是把耶舍的傳說移到山南於是有王羲之爲耶舍造歸宗寺的謬說有耶舍墳的揑造有耶舍定中三見金輪峯遂奉舍利來造塔的傳說以至於耶舍負鐵至山頂起塔的神話久而久之北山的耶舍塔毀了耶舍的傳說也冷淡了而南山的耶舍塔却屢毀屢造耶舍的神話也遂至今不絕讓我再進一步研究耶舍神話的來歷佛馱耶舍的傳說全是抄襲佛馱跋陀羅的故事的廬山當日確有印度名僧佛馱跋陀羅高僧傳(卷二頁十七至廿一)道他在長安時語弟子云我昨見本鄉有五舶俱發旣而弟子傳

告外人關中舊僧咸以爲顯異惑衆大被謗黷於是率侶宵征南指廬岳沙門釋慧遠久服風名聞至欣喜乃遣弟子曇邕致書姚主及關中衆僧解其擯事遠乃請出禪數諸經賢（佛馱跋陀羅譯言覺賢）志在遊化居無求安停山歲餘復西適江陵他在廬山住了一年多便到江陵再移建業道場寺譯出華嚴經等他死在元嘉六年（四二九）年七十一佛馱跋陀羅爲華嚴譯主又曾譯禪經名譽極大故神話最多他和廬山不過一年的因緣廬山却一定要借重他故十八高賢傳說他於元嘉六年念佛而化塔於廬山北嶺廬山志（十二上頁二）說東林寺之北爲上方塔院有舍利塔桑喬說舍利塔即上方塔在平岡之巔初西域佛馱跋陀羅尊者自其國持佛舍利五粒來瘞於此山在東林之上故曰上方南唐保大丙辰（周世宗顯德三年九五六）彭濱奉敕作舍利塔記（志十二頁二至四）中叙佛馱跋陀羅在長安時忽爾西望白衆曰適見東國五舶俱來衆皆責其虛誕遂出之廬山未久五舶俱至共服其靈通即持佛舍利五粒建塔於寺北上方其後以元嘉十七年乙亥（此與高僧傳不合乙亥爲元嘉十二年亦誤）終於京師其舍利塔至開元十七年（七二九）重建又感舍利十四粒保大甲寅歲（九五四）奏上重修元明之際王褘有廬山遊記云佛馱耶舍入廬山常擧鐵如意示慧遠不悟即拂衣去（十二上頁十七）明末但宗皐論此事予考諸燈錄止載跋陀禪師拈起如意問生公恐誤以跋陀爲耶舍耳（十二上頁四二）其實何止此一事到廬山的是佛馱跋陀羅而傳說偏要硬拉佛馱耶舍耶舍定中三見輪峯即是抄跋陀羅的定中見印度五舶俱發耶舍造塔藏舍利即是抄跋陀造塔瘞舍利故東林之耶舍塔即是抄東林之跋陀舍利塔而歸宗之耶舍舍利塔却又是抄東林之耶舍塔其實都是後起的謬說都沒有歷史的根據十七，四，十四，補記

到觀音橋此橋本名三峽橋即棲賢橋觀音橋是俗名橋建於宋祥符時橋長約八十尺跨高岩臨深淵建築甚堅壯橋下即宋人所謂金井在

橋下仰看橋身始知其建築工程深合建築原理橋石分七行每行約二十餘石每石兩頭刻作榫頭互相銜接漸灣作穹門歷九百年不壞崑三是學工程的見此也很贊嘆他說古時人已知道這樣建築可以經久可惜他們不研究何以能經久之理橋下中行石上刻維皇宋祥符七年歲次甲寅（一〇一四）二月丁巳朔建橋上願皇帝萬歲法輪常轉雨順風調天下民安謹題（字已有不清楚的此據舊志）又刻福州僧智朗勾當造橋建州僧文秀教化造橋江州匠陳智福弟智汪智洪這是當日的工程師其姓名幸得保存不可不記（此據舊志六頁三十三）

黃龍寺也是破廟我們不願在廟裏坐出門看寺外的三株大樹其一爲金果樹葉似百里樹據 Berkin 說果較白果小的多不可食其二爲柳杉相傳爲西域來的寶樹眞是山村和尙眼裏的寶呵我們試量其一株周圍共十八英尺

夢旦帶有測高器測得山高度如下

牯嶺（胡金芳旅館）	一一五〇公尺
女兒城	一三八〇
大月山	一五五〇

據此則大月山高五千〇三十八英尺陳氏指南說大月山計高四千六百尺較漢陽峯僅低百六十尺（頁六十五）不知是誰的錯誤指南（頁四十二）又說漢陽峯高出海面四千七百六十尺據牯嶺測量原工程師 John Beokin 說他不曾實測過漢陽峯陳氏所據不知是何材料

恩德嶺	一五五〇
歸宗寺	五〇
三峽橋	三九〇
棲賢寺	一六〇

夢旦疑心此二處的高度有誤

歡喜亭　七八〇
含鄱口　一二〇〇
指南說含鄱嶺高三千六百尺與此數相符

附　游記撰人略歷

晉

慧遠

釋慧遠晉高僧樓煩賈氏子幼好學博綜六經尤善莊老受業於道安太元中立精舍於廬山與慧永宗炳等結白蓮社念佛有十八賢之目而慧遠爲之冠卜居三十餘年足不出山送客以虎溪爲界義熙中卒年八十三有匡山集

唐

白居易

居易季庚子字樂天貞元中擢進士拔萃元和初入翰林爲學士遷左拾遺奏凡十餘上後對殿中論執強鯁罷拜左贊善大夫出爲江州司馬累遷杭蘇二州刺史文宗立遷刑部侍郎二李黨事與居易恥緣黨人升乃移病分司東都以太子少傅進馮翊侯會昌初以刑部尚書致仕與香山僧如滿結香火社自稱香山居士大中初卒謚文居易文章精切尤工詩平易近人老嫗都解雞林行賈售其國相率篇易一金初與元稹酬詠號元白又與劉禹錫齊名號劉白有白氏長慶集七十一卷六帖三十卷

宋

周必大

必大廬陵人字子充一字洪道紹興進士孝宗時除起居郎應詔上十事皆切時弊權給事中繳駁不避權倖曾覿龍大淵得幸並遷知閤門事必大不書黃旬日申前命必大格不行遂請祠去後除祕書少監張說再除簽書樞密院必大不具草予宮觀後拜右丞相封益國公光宗問當世急務奏用人求言二事甯宗即位求直言奏四事慶元初以少傅致仕自號平園老叟著書八十一種有平園集二百卷卒謚文忠

王廷珪

廷珪宋安福人舉進士調茶陵丞以職事忤上官拂衣而歸胡銓得罪貶嶺南親友無敢通問廷珪獨送以詩秦檜怒之流辰州孝宗召除國子監簿尋乞祠歸復召對時年九十餘賜坐勞問除直敷文閣所著有瀘溪集

陸游

游字子務觀早有文名以蔭補登仕郎舉試薦送屢前列爲秦檜所嫉檜死始爲甯德主簿孝宗稱其力學有聞言論剴切除樞密院編修後知夔嚴二州皆有建白范成大嘗奏游爲參議官以文字交不拘禮法人譏其頹放因自號放翁以寶章閣待制致仕游才氣超逸尤長於詩卒年八十五嘗愛蜀道風土題其生平所爲詩曰劍南詩稿其詩清新刻露而出以圓潤能自闢一宗故宋以後詩有劍南一派又有入蜀記南唐書天彭牡丹譜老學菴筆記渭南文集放翁詞

元

李洞 據康熙毛德琦編廬山志李洞字溉之元人查辭源中國人名大辭典均作李洞著李洞則爲唐人字才江昭宗時不第卒惟江西通志則作李洞

洞滕州人字溉之生有異質以薦授翰林國史院編修泰定初除翰林待制以親喪未葬辭歸天歷初以待制召特授奎章閣承制學士會詔修經世大典洞力疾同修書成謁告歸遂卒洞爲文章奮筆揮灑縱横奇變意之所至臻極神妙尤善書篆隸草眞皆精詣爲世所珍愛有文集

明

王禕

禕義烏人字子充幼敏慧及長師柳貫黃溍遂以文章名世太祖召授江南儒學提舉後同知南康府事多惠政洪武初上疏言祈天永命在忠厚寬大雷霆霜雪可暫而不可常帝不能盡從也明年修元史詔與宋濂爲總裁書成擢翰林待制以招諭雲南死節謚忠文有大事記續編重修革象新書王忠文公集

林俊

俊字待用福建莆田人成化戊戌進士歷官至刑部尙書謚文定

李夢陽

夢陽慶陽人徙開封字獻吉弘治進士授戶部主事武宗時代尙書韓文屬草劾劉瑾下獄免歸瑾誅起官江西提學副使以事奪職家居益跅弛負氣自號空同子工詩古文才思雄驁與何景明徐禎卿等號十才子有空同子集

王世貞

世貞忬子字元美自號鳳洲又號弇州山人嘉靖進士官刑部主事楊繼盛下獄時進湯藥又代其妻草疏旣死復棺殮之嚴嵩大恨會忬以灤河失事嵩乃構於帝繫獄世貞與弟世懋伏嵩門乞貸卒論死兄弟號泣持喪歸隆慶初伏闕訟父寃復忬官後累官刑部尙書移疾歸好爲詩古文始與李攀龍狎主文盟攀龍沒獨主壇坫者二十年其持論文必西漢詩必盛唐而藻飾太甚晚年始漸造平淡有弇山堂別集嘉靖以來首輔傳

觚不觚錄弇州山人四部稿讀書後王氏書苑畫苑等

王世懋

世懋世貞弟字敬美嘉靖進士累官太常少卿好學善詩文名亞其兄先世貞三年卒有王奉常集藝圃擷餘窺天外乘學圃雜疏閩部疏三郡圖說名山游記

羅洪先

洪先循子字達夫號念菴好王守仁學舉嘉靖進士第一授修撰卽請告歸洪先事親孝父每肅客洪先冠帶行酒拂几授席甚恭親沒苦塊蔬食不入室者三年後召拜春坊左贊善罷歸益尋求王學甘泊淡鍊寒暑躍馬挽強考圖觀史其學靡所不窺隆慶初卒謚文莊有冬游記念菴集

王思任

思任浙江山陰人字季重號遂東萬歷進士累遷袁州推官有能聲魯王監國時歷禮部右侍郎郡城失守遂隱居不仕工畫倣米家數點雲林一

抹饒有雅趣有弈律百家論鈔

畢成珪

成珪與曹學佺爲同時人

曹學佺

學佺侯官人字能始號石倉萬歷進士天啓間官廣西參議初梃擊獄與學佺著野史紀略直書本末劉廷元劾學佺私撰野史遂削籍崇禎初起副使辭不就唐王時官至禮部尚書明亡入山投繯死有易經通論周易可說書傳會衷春秋闡義輿地名勝志蜀中名勝記西峯字說石倉歷代詩選鳳山鄭氏詩選石倉集

袁宏道

宏道宗道弟字中郎年十六爲諸生卽結社城南爲之長爲詩文主妙悟舉萬歷進士知吳縣聽斷敏決公庭鮮事日與士夫談說詩文官終稽勳郎中其詩矯王李之弊倡以淸眞頗爲通人所譏有觴政瓶花齋雜錄袁

中郎集及瀟碧堂破研齋諸集

湯賓尹

賓尹宣城人字嘉賓萬歷中鄉舉第一廷對第二授編修仕至南京國子監祭酒有睡菴集

徐宏祖

宏祖江陰人號霞客少負奇氣年三十擕幞被遍歷四方佳山水所至輒爲文以志游蹟有徐霞客游記

方以智卽釋行遠

以智孔炤子字密之號鹿起明季四公子之一崇禎進士官檢討入清爲僧名弘智字無可一字行遠人稱藥地和尙博極羣書考據精核所著通雅一書論者謂在楊愼陳耀文焦竑三家之上又有易衶古今性說合觀一貫問答物理小識藥地炮莊等書

黃道周

道周漳浦人字幼玄一字螭若號石齋天啓進士崇禎初官右中允因言事屢被斥工書善畫以文章氣節高天下福王時官禮部尚書南都覆唐王以爲武英殿大學士率師至婺源與清師遇兵敗不屈死謚忠烈有石齋集等書（按明史作字幼平此從明儒學案）

宋　惕

惕星子人原名之盛亦名未有後改名惕崇楨己卯舉人講學髻山其學以明道爲宗以識仁爲要清康熙初卒學者稱髻山先生所著書多不傳惟髻山文抄二卷民國丁巳新昌胡思敬曾刊入豫章叢書中

清代

黃宗羲

宗羲尊素子字太冲號黎洲尊素死詔獄宗羲具疏公寃袖長錐錐許顯純等莊烈帝歎爲忠義孤兒歸益肆力於學盡發家藏書讀之不足復借鈔之建續鈔堂於南雷以承東發之緒受業劉宗周南太學諸生作留都防亂公揭禍諸家子弟推宗羲爲首及江南奄黨糾宗周並及宗羲會清兵至得免隨孫嘉績熊汝霖諸軍於江上魯王以爲左僉都御史後海上傾覆乃奉母返里畢力著述其學主先窮經而求事實於史以濂洛之統綜會諸家從游日衆康熙中舉鴻博薦修明史均力辭詔取所著書宣付史館史局大案必咨之卒年八十有六私謚文孝有南雷文定宋元明儒學案等書數十種學者稱南雷先生

查愼行

愼行海寧人初名嗣璉字夏重後更今名字悔餘號初白又號查田少受學黃宗羲於經邃於易然所長尤在詩好游山水所得一託於吟游故篇什最富康熙時以舉人特賜進士官編修後告歸家居弟嗣庭獄起盡室赴詔獄世宗知其端謹特放歸卒年七十有八所著敬業堂集黃宗羲比之陸游又有周易玩辭集解經史正譌蘇詩補注人海記黔中風土記

劉蔭樞

蔭樞韓城人字相斗別字喬南晚自號秉燭子康熙進士累擢江西按察使以失出罷官再起爲雲南按察使擢貴州巡撫在滇黔各五年以教養斯民爲己任坐阻撓軍務發博爾丹種地尋復職有春秋蓄疑易經解宜夏軒雜著

吳闌思

闌思武進人字道賢有匡廬紀游

李紱

紱臨川人字巨來號穆堂以康熙進士入翰林累官工部右侍郎爲田文鏡所困幾死兩次决囚世宗命縛至西市以刀置頸問此時知田文鏡好否對曰臣雖死不知田文鏡好處尋得赦繫獄時日讀書飽啖熟眠人歎爲鐵漢乾隆初召授戶部侍郎其學原本象山在先立乎其大者博聞強識下筆千言李光地許其與歐曾代興王士禛稱其有萬夫之禀論者謂紱能集江西諸先正之長有穆堂類稿續稿別稿春秋一是陸子學譜朱子晚年全論陽明學錄

邵長衡

長衡武進人字子湘別號青門山人十歲補諸生以詩古文辭鳴康熙間游京師與諸名士交後客蘇撫宋犖幕最久性坦易喜游山水爲詩始步唐賢晚乃變而之宋格律在蘇黄范陸間有青門集

潘耒

耒檉章弟字次耕號稼堂師事徐枋顧炎武淹貫羣書工詩文辭兼長史學康熙中以博學鴻詞徵試授檢討纂修明史充日講起居注官坐浮躁降調歸卒耒性至孝於師門之誼尤篤炎武著日知錄耒在閩中有贈買山錢者舉以刻之其學旁及歷法算數宗乘道藏於聲音反切能通其微晚號止止居士有類音遂初堂詩文集等

李曰鋮

曰鋮德化人字遙集康熙丙午舉人負才不羈爲詩古文詞下筆立就

袁枚

枚錢塘人字子才號簡齋少負才名乾隆初試鴻博報罷旋成進士改庶吉士出知溧水江浦沭陽江甯等縣並著能聲年甫四十即告歸作園於江甯小倉山下曰隨園以吟詠著作爲樂世稱隨園先生爲詩主性靈務從其才力所至古文駢體亦縱橫跌宕自成一格姓通侻頗放情於聲色尤好賓客四方人士投詩文無虛日享盛名五十年卒年八十有二有小倉山房集隨園詩話隨園隨筆等書

靖道謨

乾隆時長白鹿洞書院

洪亮吉

亮吉字稚存陽湖人乾隆庚戌進士賜第二人及第授編修嘉慶己未坐事戍伊犂尋赦及還自號更生居士先生於書無所不窺詩文有奇氣少與武進黃仲則齊名江左號洪黃仲則客死汾州千里奔其喪世有巨卿

之目其後沈研經術與同邑孫星衍季逑論學相長人又稱孫洪云卒年六十有四有詩文集六十卷行於世

惲敬

敬陽湖人字子居號簡堂乾隆舉人歷知富陽江山二縣遷江西吳城同知以事去官爲人負氣矜尙名節所至以振興文學爲務自言其學非漢非宋不主故常治古文得力於韓非李斯與蘇明允相上下近法家言世稱陽湖派有大雲山房文集

李宗昉

宗昉江蘇山陽人字靜遠號芝齡嘉慶進士道光間官至禮部尙書專心盡職不以矯激沽名有聞妙香室詩文集黔記致用叢書等書

近代

胡適

適字適之安徽人

廬山租借地交涉案述略

(一)長衝

廬山牯牛嶺長衝高衝女兒城大小校場講經臺等處公地因前清德化縣舉人萬和賡等立契盜賣與英商李德立造屋地方紳耆查知控阻飭緩興造不聽以致地方人民折毁木蓬等物經前清饒九道督飭縣委勸令退還一面拘盜賣之人訊辦旋接總理衙門（注前清管理外交之總樞如今外交部）來電英使催辦速結李德立欲留長衝一處並索償被毁損失飭縣督同紳士履勘長衝無關風水泉源樵採由德化縣於光緒二十一年十一月十六日立約租與李德立建屋避暑每年出租錢十二千文並由公家賠償英洋四千一百十五元牯牛嶺女兒城大小校場高衝講經臺一概退還立碑永禁租賣在押之萬啓勳等從寬釋放

(二)擴充租借地之四區

(甲)草地坡　廬山草地坡與下衝猴子嶺大林寺衝共計四區因英領事請永租與牯嶺公司蓋屋避暑經前清贛撫委員勘明飭由九江道與英領事會議先租草地坡下衝兩區共地一百三十二號每號租洋二百元歲租洋三元先交地租洋二萬六千四百元年納歲租三百九十六元其猴子嶺大林寺衝兩區限至五年以內清租於前清光緒三十年八月訂立租約條款共劃地七十九號計釘界二十一塊

(乙)下衝　廬山下衝自前清光緒三十年彙同草地坡等地立約出租與牯嶺公司蓋屋避暑原始見前草地坡共劃地五十三號訂界石十四號

(丙)猴子嶺　廬山猴子嶺租地原始見前於光緒三十三年牯嶺公司付交承租猴子嶺十二號租洋二千四百元經前九江道核收未經給照民國元年飭由廬山測量員查明丈量並由前九江交涉局補給印照

(丁)大林寺衝　廬山大林寺衝租地原始見前於宣統元年十二月

牯嶺公司付交承租大林寺衝一百號租洋二萬元經前九江道核收未經給照民國元年飭由廬山測量員查明丈量並由前九江交涉局補給印照

（三）醫生凸

廬山醫生凸因英牧師李德立請承租造屋經前清德化縣印委於光緒二十三年十二月十五日立約租給年納租錢一千文

（四）醫生窪

廬山醫生窪因僧人勝妙盜租牯牛嶺山地一方與美教士海格思美領函請將契發縣印稅經前九江道以該山係李德立退還之禁地駁復美領續函派海教士來潯商辦飭由德化縣印委會同勘定醫生窪地基議准租給注銷原契於光緒三十四年四月初五日訂立租約每年納租四千文

（五）星洲

星洲與蘆林毗連前清光緒二十三年間因蘆林公地被約之塔寺僧心持盜賣與俄國教士尼娑契未畫押過價經前九江道飭據德化縣印委登山查勘有礙民居樵採令將僞契注銷函經俄領事允爲另行覓地飭據該印委會同尼教士覓定該星洲空地于光緒二十四年七月立約租給俄國東教堂建屋納涼當釘立界址載明不得侵佔民國元年飭據測量員張秉鈞丈量證明俄東教堂侵佔界外之地甚多五年後繼續磋議重勘界址經過波折多次俄領允退還佔地九百九十餘畝又將高山一段讓出至十一年十一月十四日乃與俄東教堂重訂星洲租地合同初民國八年時俄教堂曾以缺乏經費將該避暑地轉租與漢口前俄租界工部局租銀一萬五千兩期限九十九年十三年時湖北省公署根據中俄協定收回漢口俄租界十四年三月將俄租界改爲特區設立特區管理局繼承前俄工部局一切權利義務因得該避暑地管理權嗣後特區管理局撤銷改由漢口市政府接管十

八年二月廬山管理局奉九江市政府令將該避暑地接收并經前九江市長吳照軒與旅漢俄僑代表兼蘆林公會會長貝勒成闊商定管理該避暑地暫行辦法四條至今狀況未變

注以上各租界地交涉經過及一切詳情均見本志山政綱交涉案彙考

(六)狗頭石

廬山狗頭石因九江天主堂契買廬山懶人廟即老人廟廠基地自治公所員紳赴法庭起訴指爲王文炳盜賣後由官廳商之法主教樊體愛退回另于廬山擇定狗頭石公地永租與該天主堂建造醫院于民國三年九月十七日議定租約計地十二畝零年納歲租錢十二千六百文至五年樊體愛函請江西省長移界互換一地七年議定于山之左處互換一地另訂界址與租約共租地七十七畝二分歲納地租錢七十七千其詳細經過情形見本志山政綱交涉案彙考

以上各租借地述略係根據外交部江西省公署九江縣公署廬山管理局各檔案摘述附此聲明

游程紀略

茲爲便利游山者計特將游程計日分配并將其地可瀏賞之古蹟名勝附述至其日期分配游者尚可自爲斟酌因所擬之分配游程游者祇能匆匆一過稍加留戀卽時間有所不及矣左之所述係根據牯嶺旅行社所擬以牯嶺爲中心而再加增訂者

(甲)屬於牯嶺附近當日可往返者

第一日土壩嶺堡壘北瞰東西二林南觀牯牛嶺一帶形勢　上大林寺天橋（羅漢洗脚池）路旁觀宋寶慶題名　游泳池　白司馬花徑新修者　白鹿昇仙台（卽御碑亭）路旁觀宋人所書佛手巖三大字　佛手巖（竹林隱寺訪仙亭）觀羅隱書竹林寺三大字　天池寺觀明太祖像鐵瓦龍魚及清涼臺觀天池塔天燈　遊龍首文殊獅子三巖塔下有王陽明等石劖　神龍宮有文殊攝化神龍之宮石劖　黃龍潭　白龍潭亦名烏龍潭　黃龍寺觀古樹後有御碑亭寺　牧馬廠森林分區　鐵船峯靜觀亭觀石門澗瀑布秦皇石三字石劖在上霄峯陰　路旁有蓮花菴　蘆林游泳池　是日遊程來回約四十餘里

第二日　五老峯如由牯嶺經七里衝前往可至青蓮寺觀青蓮寺等石劖　待晴亭新修者　獅子口　是日遊程來回約四十餘里五老峯上有石劖

第三日　小天池觀明太祖洗馬池梁和甫居士之蓮池精舍　王家坡瀑布觀陳散原先生歐陽竟無先生題誌道路係新修者　蓮花谷新村　是日游程來回四十餘里

第四日　女兒城訪匡岳正中處石劖在一號計洋人宅偏西約二百米達路旁巖石上　大月山　三疊泉　自在亭　觀音洞　綠水潭觀鄧旭竹影疑踪四大篆字石劖　玉川門　是日游程來往約五十里

第五日　三逸鄉新村　含鄱口五亭　太乙新村　萬壽寺林場觀顧貞觀所書歡喜亭萬壽字石劖　棲賢寺觀羅漢圖舍利子等　玉淵觀留元剛等石劖　三峽橋卽三峽澗之觀音橋　金井　第六泉　慈航寺　是日遊程來往五十餘里

第六日　觀廬山高石坊　錦繡谷九十九盤之路　甘露泉　石門澗　西林　遠公塔　東林觀唐柳公權李北海碑又唐造像及唐經幢六朝松明銅塔王陽明詩碑清康有爲詩刻　白香山草堂　太平宮有鐘樓卽俗傳之婆媳塔也又璇璣玉衡座　是日游程約六十里

本日游程在石門澗祇能及崖而返若欲觀石門澗三字石劖及探其

奇勝宜寄宿東林寺爲便

第七日　仰天坪廢雲中寺同善社屋天上峯　豆葉坪　曬穀石　小漢陽大漢陽觀漢王台及王以慭書石劖　是日游程約五十餘里至漢陽峯有二逕經符箕窪亦可至游廬山者不可不至漢陽登高一覽全山形勢瞭然在心目間胸襟開暢得未曾有輿行須清晨出發步行則健步者自優爲之然能於前晚借宿仰天坪次早登途則極優裕遊漢陽之天氣須以無風無霧爲最佳否則目不能及遠漢陽之松輪囷離奇堪資玩賞近年雖被鄉人砍伐然尙有孑餘三數供憑弔也

游者如欲徧游山南東各部則上列之第三四五等日卽留待下列游程內前往亦較便利請游者自酌

(乙)屬於山之南東各部宜繼續兩日以上之游覽者

第一日　自牯嶺出發經女兒城大月山恩德嶺三疊泉到海會寺宿是日約四十餘里

第二日　自海會寺經白鹿洞可賞之風景甚多古蹟則悉歸湮廢　萬杉寺觀龍虎嵐慶四大字石劖五爪樟路邊遙望七尖峯奇景　開先寺清時改秀峯寺寺門口觀姜月境補繪觀音像寺內觀黃山谷七佛偈碑王陽明紀功碑徐岱李夢陽各詩碑又御書心經等　青玉峽觀龍潭石劖足之所踐無非題識比較有價值者爲宋賈似道題名明王陽明等題名　黃巖瀑布　馬尾泉　姊妹峯　雙劍峯　香爐峯　文殊塔　到黃巖寺宿是日約四十里若不到黃巖則直趨歸宗雖可省游程一日然黃巖爲山南絕勝不可不至可先與開先住持商洽則一切飲食設備等均較便利倘能再抽一日暇宿開先寺則可游七尖峯五乳峯臥龍潭有朱子等遺蹟諸勝回至開先再往玉京山下觀陶淵明醉石遺蹟

此非醉石觀之醉石乃另一醉石也

第三日　自黃巖寺出發　經歸宗寺如欲訪簡寂觀遺蹟則至觀音巖西卽分路觀內有朱子詩石劖及禮斗石雙瀑布諸勝再至歸宗繞路不多　寺內有墨池池旁壁上有忠鑑堂石刻及其他石劖寺後有玉簾泉鵝池有黃山谷眞淨文朱端章各石劖　柴桑橋　醉石觀觀醉石及各石劖　栗里仍返歸宗寺宿是日約四十里

第四日　自歸宗寺出發回到第六泉　觀音橋　慈航寺　易實甫匡山草堂遺址　玉淵　棲賢寺　三峽澗　含鄱口　回至牯嶺是日五十餘里

第五日　自牯嶺出發經小天池至王家坡穀山湖蝦蟆石姑塘大孤山(卽鞋山)宿觀彭玉麐凌波第一錦襪無雙八字及朱元章眠雲二字石劖是日五十餘里至距姑塘約八里許可改乘小舟至姑塘勿受輿伕欺因循此水路風不順需二小時以上不如陸路直趨姑塘較速再雇舟至大孤山然值風順則可雇小舟直至大孤山不必至姑塘第二日再至姑塘觀女兒港天后宮(明魏閹生祠遺址)各古蹟

第六日　自大孤山出發經姑塘　至馬祖寺觀白蓮池遺蹟　馬祖洞卽喉洞　吳章山　周濂溪墓　回牯嶺是日約五十餘里

在歸宗寺延留一日可至溫泉隘口面陽山陶淵明墓康王谷觀谷簾泉再留一日可登寺後舍利塔山觀舍利鐵塔爲廬山金文之一在棲賢寺延留一日可游木瓜洞太平寺楞伽寺(卽白石寺)石佛寺二層岩等地游者自酌之

(丙)爲游山者計若行程匆促不克作多日留則五日亦可瀏覽全山

第一日　自九江至牯嶺

第二日　自牯嶺出發西至大林寺　天橋　花徑　佛手巖　御碑亭　大天池　神龍宮　黃龍瀑　黃龍寺　蘆林　回牯嶺宿是日約三十里至大天池後可在御碑亭下循小道步行經神龍宮以達黃龍寺若輿行則須歸牯嶺過東街越猴子嶺以至黃龍寺

第三日　自牯嶺出發過含鄱口　歡喜亭　太乙村　棲賢寺　玉淵　觀音橋　慈航寺　萬杉寺　開先寺　青玉峽　龍潭　雙劍峯　瀑布是晚卽宿開先寺約四十里

第四日　由開先寺折回　至觀音橋　東行探白鹿洞　海會寺　三

疊泉回牯嶺是日約六十里
第五日　自牯嶺西北過石門澗　游西林寺　東林寺　至蓮花洞
回九江　亦可由東林寺至沙河乘火車返九江
倘清晨自九江上山在十時前到牯嶺者可兼游第二日所列各地藉
省一日程
(丁)依前述游程作六日七日分配亦可分述如後
(子)六日游程
第一日　自九江赴牯嶺
第二日　自牯嶺出發經蘆林　黃龍寺　神龍宮　大天池　御碑亭
佛手巖　天橋　大林寺回牯嶺是日約三十里
第三日　自牯嶺出發過女兒城　大月山　玉川門　三疊泉　至海
會寺宿是日約四十餘里
第四日　自海會寺起程游白鹿洞　萬杉寺　開先寺　黃巖寺　至

歸宗寺宿是日約四十餘里
第五日　自歸宗寺折回至簡寂觀　觀音橋　棲賢寺　含鄱嶺　返
牯嶺是日約四十餘里
第六日　同前第五日
(丑)七日游程
第一日　自九江至牯嶺
第二日　自牯嶺出女兒城　過大月山　思德嶺　三疊泉　綠水潭
返牯嶺宿
第三日　自牯嶺出含鄱口　至棲賢寺　觀音橋　玉淵　取道碼頭
鎮至白鹿洞　直達海會寺宿
第四日　自海會寺出發經萬杉寺　開先寺　青玉峽　宿歸宗寺
第五日　自歸宗寺出發過詹家岩　經含鄱口　返牯嶺
第六日　自牯嶺出發經小天池　王家坡雙瀑　蓮花谷　返牯嶺

第七日　同前第六日

（戊）若取道德安入山而回至九江其游程亦可五日分配之

第一日　附南潯火車至德安（或馬迴嶺亦可但不如德安之易雇肩輿）乘肩輿經柴桑橋　至歸宗寺下榻

第二日　自歸宗出發經開先寺　萬杉寺　棲賢寺　白鹿洞　至海會寺宿

第三日　海會寺出發觀三疊泉　龍潭　而至牯嶺

第四日　游黃龍寺　天池寺　回牯嶺（或當晚下山返九江）

第五日　自牯嶺游西林寺　至蓮花洞　返九江

轎伕價目如下此爲最近旅行社所規定者

（一）轎伕由蓮花洞至牯嶺或九江每名大洋七角警捐在外如遇雨雪黑夜以及往蘆林黃龍寺等處每名另加洋一角

（二）普通成人須用轎伕四名

（三）爲愼重計凡體重一百六十磅者須用轎伕六名貳百四十磅者須用轎伕八名

（四）伕役隨轎跟送行李每名力錢大洋七角但挑運以五十斤爲限

（五）若旅客須用轎蓬每個另加洋二角睡轎每乘另加大洋五角

（六）遊玩轎或挑伕每句鐘每名大洋一角五分照算

（七）由牯嶺至沙河每名轎伕一元三角正

（八）由牯嶺經東林至九江每名轎伕大洋一元六角

（九）由牯嶺經東林至蓮花洞每名轎伕洋一元一角

（十）由牯嶺至南康每名轎伕洋一元四角

（十一）由牯嶺至王家坡往返每名轎伕洋一元一角

（十二）由牯嶺至姑塘每名轎伕洋一元四角

（十三）由牯嶺至五老峯獅子口往返每名轎伕洋一元一角

（十四）由牯嶺至棲賢寺觀音橋往返每名轎伕洋一元四角

(十五)由牯嶺至白鹿洞往返每名轎伕洋一元五角
(十六)由牯嶺至三疊泉往返每名轎伕一元二角
(十七)由牯嶺至太乙村每名轎伕洋六角
(十八)由牯嶺至三逸鄉每名轎伕洋四角
(十九)由牯嶺至萬杉歸宗開先溫泉海會及鞋山等處每名每天轎伕洋一元一角外加伙食大洋三角

廬山古今游記叢鈔卷下終

民國二十三年春再版

後記

廬山，北臨長江，東南瀕臨鄱陽湖，集丹崖翠壑、飛瀑流泉、湖光山色、江影田園、雲海霧帶、茂樹繁花於一身，正如唐代文學家白居易所說：「匡廬奇秀甲天下山。」

自東晉至民國一千六百年間，歷朝歷代文人墨客遊歷廬山者數不勝數，其中有慧遠、陸游、徐霞客、黄宗羲、胡適等，他們創作出不朽的遊記篇章，給後人留下了十分珍貴的文化遺產和精神財富。民國時期方志學者吴宗慈於一九三二年編撰《廬山志》時，選編的《廬山古今遊記叢鈔》在上海出版，收錄東晉至民國時期遊記四十五篇，著名詩人陳三立為該書題簽。遊記當中有濃墨重彩的著力渲染，也有色彩淡雅的平鋪直敘，他們大都語言優美，記敘生動，尋幽探險，引人入勝。這些遊記是認識廬山、瞭解廬山最原始最真實的第一手文獻資料，是宣傳廬山、研究廬山最可靠最珍貴的依據。

為深度挖掘廬山文化内涵，增强廬山文化的傳播和影響力，在江西省廬山風景名勝區管理局的關心和指導下，廬山圖書館將館藏《廬山古今遊記叢鈔》影印出版。在影印的過程中，得到了江西省廬山風景名勝區管理局、上海古籍出版社、江西省廬山風景名勝區管理局文化新聞出版局的支持和幫助，在此一併表示衷心感謝！

江西省廬山圖書館

二〇一六年四月